義務と演技

内館牧子

幻冬舎

義務と演技

目次

イラストレーション—唐仁原教久　ブックデザイン—鈴木成一デザイン室

第一章

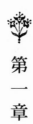

怖い夢を見た。

みさきはうなされて、自分のその声に目がさめた。額に手をやると、冷たい汗に前髪が濡れている。どんな夢だったのかはまったく思い出せなかったが、怖い夢だった。

夫の大倉謙次《おおくらけんじ》は、ダブルベッドの片側で寝息をたてている。みさきはそっとベッドから降りると、寝室を出た。

二LDKのマンションの短い廊下は、夜気が凍っている。十月の末だというのに、このところ異常な寒波が続いていた。みさきは白い薄物のネグリジェ姿であったが、怖い夢に火照《ほて》った体には、その寒さがここちよい。

洗面所の灯をつけると、大きな鏡に顔がうつった。汗で頬にも髪が張りついている。まだ三十一歳だというのに艶《つや》のない肌であった。

洗面台に両手をつき、みさきはその艶のない顔を自虐的な気持でじっと見すえた。どうして艶がないのか、みさきにはよくわかっている。

謙次とはもう一年以上、セックスがなかった。

決して仲は悪くない。むしろ、仲のいい夫婦である。四歳になる一人娘の亜矢子《あやこ》を中心に、まさしく円満な家族であった。

謙次は、大手町に本社を置く東洋電機株式会社の広報課長である。東洋電機は、家電製品では世界のトップシェアを誇っており、福利厚生や社員サービスもいい。謙次が三十四歳の若さで川崎市にマンションを買えたのは、会社が低利子で購入資金を融資してくれたからに他ならない。ただ、年収が税込みで七百五十万というのは、ローンを抱えている身には苦しかった。

同期入社のトップを切って課長に昇進した謙次であったが、できうる限りの時間を作り、家族と過ごすようにしていた。亜矢子の幼稚園の運動会には、ビデオカメラを持って喜々として出かけるし、休日にはみさきを助手席に乗せて、高級マーケット「ドルフィン」につきあう。

普段、みさきは近くのスーパーで買物をすませるが、謙次は必ず「ドルフィン」へとハンドルを切る。そして、チコリやエンダイブやハーブ類などの高級野菜を手当たりしだいにカゴに入れる。時にはピンクや黄色が美しい食用の花までを勝手に買う。

「待ってよ。もったいないわよ」

みさきが言うたびに、謙次は笑う。

「俺が払うってば」

普段は手にしない野菜や花、外国のチーズなどでいっぱいにしたカートを押している時、みさきは幸せだなァと思う。亜矢子を抱いた謙次が、寄り添うように歩いてくれるシーンは、女性誌のグラビアのようだろう。

確かに、謙次はスマートにみさきを喜ばせるのがうまかった。結婚記念日には、必ずトーキョーホテルのフランス料理店「アンヴァリッド」で二人きりの食事をする。トーキョーホテルは二人が結婚式を挙げたところであった。

一年目の記念日には、謙次は抱えきれないほどのバラを抱いて店に入ってきた。二年目には手ぶらで入ってきた。みさきが内心がっかりしていると、黒服のウェイターがカトレアの花束を運んできた。

「ご主人様がここに届けるよう花屋に指示なさいましたそうで、只今、届きました」

ウェイターの言葉に、謙次はそっぽを向いてタバコの煙を吐いた。照れているのかポーズなのか、みさきはこんな謙次のやり方に出会うたびに、「この人が私の夫なのよ！」と、誰彼かまわず言いたくなる。

こんなふうに喜ばせることがうまい一方で、みさきの質問には政治であれ、経済であれ、億劫《おっくう》がらずに答える。日常的な夫婦喧嘩や言い争いはあるが、みさきにとっては百点満点以上の夫といえた。

ただひとつ、抱いてくれないということを除いては、である。

謙次とふんだんにセックスがあった頃、みさきは「直後の自分の顔」を見るのが何よりも好きだった。

抱かれた直後、今夜のようにベッドから降りて洗面所の灯をつける。鏡には、今夜のように髪を汗で濡らした顔がうつっている。

直後の女の顔は、誰しもひどく淫《みだ》らなものだ。ついさっきまで恥ずかしい姿態をとらされていたのがこの顔だと、鏡はさらし出す。日頃、他人の前で見せている自分とはまるで違う自分を、たった今までやっていたのよと、女は鏡の顔に確認する。

直後の顔は本来、自分自身に恥ずかしくて正視できない類《たぐい》のものであろうが、みさきは大多数の女は快感を持って正視するものだと確信していた。好きな男の前ではいくらでも大胆になり、何でも言いなりになる自分を、鏡はうつし出す。昼間とはまるで違う淫らな匂いを確認することは、セカンド・セックスとも言える火照りを覚える。加えて、直後の顔は必ずしっとりと肌がうるおっている。それを確認するのも、みさきには嬉しいものだった。

怖い夢で濡れた前髪をかきあげながら、みさきは艶のない自分の顔を、改めて見た。

結婚して五年になるが、充たされたセックスは半年間にも満たない。

結婚後まもなく亜矢子を妊《みご》り、しばらくたつと、謙次は、

「子供がつぶれそうで怖いよ」

と避け始めた。それでもセックスに近い行為は常にあり、みさきは愛されているという安らぎを感じていた。

しかし、亜矢子が生まれてからというものは、「近い行為」さえもなくなった。みさきは遠回しに、「もう大丈夫よ」と幾度もほのめかした。謙次は「致し方なく」という様子で、四か月に一度くらい抱いた。

それが結婚三年目になると、半年に一度になった。

「致し方なく」というようすはさらにあからさまになり、時間は二十分もかけるかどうか。

思いあまったみさきは、冗談めかして聞いたことがある。

「もう私には女を感じないの?」

謙次はパジャマの胸にみさきを抱えこみ、豪快に笑いとばした。

「バカ言ってんじゃないよ」

言葉はそれっきりである。抱かない理由や、何か言い訳が続くのかと思ったが、何もなかった。

四年目には、一回だけになった。それも、妻の思いを哀れに感じ、御奉仕という形のセックスであったと、みさきは思う。その夜は結婚記念日であった。この日だけは毎年、亜矢子をどちらかの実家にあずけ、ホテルでディナーをとるのだが、みさきは自宅のリビングをムーディに飾りつけ、手料理で祝うことにした。いわば作戦であった。

テーブルを美しくセッティングし、ピンクのキャンドルを用意し、みさきは胸の谷間がはっきりと見える黒いスリップドレスで装った。爪にはピンクパールのマニキュアをつけた。久々のマニキュアはみごとに家庭の匂いを消し、指をほっそりと見せている。今夜こそは抱いて欲しかった。すでに十月なのに、一度も肌を合わせていない。

みさきは決してセックスそのものを欲していたのではない。愛されているという確証が欲しかった。

いくら話し相手になってくれようと、家庭サービスやプレゼントがあろうと、体に指一本触れられぬ日が続くと、愛されているとは思えなくなる。出産して変わった体が嫌われたのだろうか、他に愛人ができたのだろうか、妻なんて単なる家政婦兼ベビーシッターなのだろうかと、際限なく考え始める。

それでいながら、自分から誘うことはしたくなかった。自分からの誘いに応じてくれたのでは、愛されているという確証にはなりにくい。そうではなく、みさきに女を感じ、みさきに欲情して、謙次の方から手を出して欲しかった。

結婚記念日の夜、スリップドレスのみさきに、謙次は明らかに困惑していた。それをみさきは「私の色気を再確認したんだわ」と受け取った。

みさきはリビングの灯を消し、ピンクのキャンドルに火をつけた。胸の谷間がより一層目立つようにと、上半身を必要以上にかがめて、炎を手で覆う。炎に浮かびあがるマニキュアの細い指が、豊かな胸と奇妙なアンバランスを見せている。

みさきは清純な印象を与える女であったが、胸の大きさは中学生の頃から、男生徒の口の端にのぼっていた。そんな噂が嫌で、みさきはいつでもワンサイズ大きな制服を着て、胸を目立たなくするのに懸命であった。

昔から決して利発とは言い難く、勉強もできる方ではなかったが、ただ、そうじ当番は絶対にさぼらず、決められたことは正しく守るという生徒であった。日頃は地味で目立たないのに、胸の大きさが話題になると必ず最初に名前があがる。それがみさきにはたまらない。

三流の私立女子短大に入った後も、卒業して会計事務所の事務員として就職してからも、みさきは男と長続きしなかった。体の関係を拒否し続けたことが、最大の理由である。

「もう少しつきあってからにして」

みさきが言うたびに、どの男たちも疎遠になっていく。中には、

「もう五回も会ってるのに、そろそろやらせてくれたっていいじゃないか」

と言い捨てた男もいた。

みさきは垢抜《あかぬ》けないが、大きな目と受け口の愛らしい顔だちであり、かつ、胸の大きさは一目見てわかる。それだけに、男たちが体だけを目的にしているという被害者意識が消えず、何とか満足のいくまで、精神的なつながりを持ちたいと渇望していた。

謙次と知りあったのは、二十四歳の時である。会計事務所の税理士のホームパーティで出会った。

その日、みさきは税理士夫人を助けて、裏方の台所役に徹していた。謙次は何度か氷や酒をとりに、台所に顔を出したが、みさきはこの時の謙次をほとんど覚えていない。

パーティから一週間後、謙次から突然、夕食に誘われた。謙次は行きつけの和食屋で言った。

「よく働く人だと感心してね、これは慰労会をやってあげなくちゃって」

それがきっかけでつきあい始めるようになったが、今までの男たちと違い、謙次にはみさきの体をねめ回すようなところがまったくなかった。六か月間というもの、キス以上には進まず、かえってみさきの方が不安になっていた。

そして七か月後、二十回以上のデートの末に、二人はベッドインした。みさきはヴァージンであった。

謙次はヴァージンであることと、愛らしく清純な顔だちとはあまりに違う淫らな体つきに夢中になった。一般的にノーマルと言われるセックスのすべてを、教えこんだ。みさきは何でもやり、すべてに応えた。結婚までの一年半というもの、謙次はみさきが商店街のオジサンと口をきくことにまで嫉妬したものである。

それが今ではキスさえしようとはしない。みさきが言いようのない不安に悩むのは、当然といえた。

結婚記念日のキャンドルを前にして、謙次の目は困り果てたように宙を泳いでいる。みさきはこのまま、リビングに押し倒されるかもしれないと胸が高鳴った。ベッドよりもむしろ、その方がいい。フローリングの床に転がされ、新品のスリップドレスを引きちぎられても、かつてそうであったように体と体をぶつけるようなセックスがしたい。スリップドレスの下には、下着を一切つけていなかった。

目を宙に泳がせていた謙次は、予測したとおりに、突然、椅子から立ちあがった。体をかたくして待つみさきに、自分の胸の鼓動がハッキリと聞こえる。

謙次は立ちあがるや、テレビのリモコンを手にした。そして、スイッチを入れた。

「忘れてた」

スポーツニュースが、騒々しく室内に充満した。キャンドルライトのリビングは、一瞬にして青白いブラウン管の光に照らされ、中継アナウンサーの絶叫とアルプススタンドのどよめきが響きわたった。

謙次はどこかホッとしたようにワインの栓を抜き、

「さすが俺の女房。すごい料理だな」

と軽口を叩いた。肉にかぶりつき、ワインを一気に干した。

「イヤァ、うまいッ。ホテル以上だよ」

新しい皿に手をつけるたびに、同じセリフをはしゃいだ調子で言う。みさきが何か言いかけると、話を野球に持っていく。

「優勝は絶望だな。この守りじゃな」

結局、謙次は一人でしゃべり続け、一人でワインを二本近くあけ、ベッドに倒れこむと高いびきをかき始めたのだった。

その夜、みさきは明け方まで眠れなかった。なぜここまで自分を避けるのか、みさきには理解できなかった。しかし、つい先頃謙次が持っていた男性週刊誌でも、「夫婦のセックスレス」が問題になっていた。みさきは、謙次がいない時に夢中で読んだのだが、原因や解決策には何ひとつ触れてはいなかった。

いくら考えても、謙次に愛人がいるとは思えなかった。セックスレスということを除けば、相変わらず謙次は最高の夫であり、父親であったのだ。

みじめな結婚記念日の夜が更け、眠れぬままに夜明けを迎えたみさきは、タンスから薄物の白いネグリジェを出した。今夜こそはセックスがあるものと期待し、買っておいたものだった。十月の明けきらぬ暗さの中で裸になり、薄物に手を通した。指を触れぬ夫の隣りに、これを着て横たわるのは悲しいことであったが、着なければもっと悲しい。平然と着ることで、何とか自分を支えられそうな気がした。

薄物を着たみさきは暗がりの中で、ボーッと白く煙っているように見えた。その時、突然、謙次の手が背後から伸びた。

みさきは優しく薄物を剝《む》かれ、組み敷かれた。これは夫の哀れみだということを、十分に承知していた。承知している以上、

「バカにしないでよッ」

と突っぱねられたらどんなにいいか。しかし、どうしてもそれはできなかった。哀れまれてほどこしを受けたようなセックスは、何ひとつよくはなかった。が、それでも肌を合わせていると、ないよりは安らぐ。

みさきとて、恋人時代のようなときめきを謙次に感じてはいない。それでも、裸で触れあうことは、「一人ぼっちじゃないんだわ」という安らぎがある。

あれから一年がたち、五度目の結婚記念日が過ぎた。謙次はこの一年間、まったく、一度たりともみさきに手を触れようとはしない。それを除けば、相変わらず夫婦仲は円満である。もはや、みさきの方から演出したり、思わせぶりなかけ引きをすることは一切なかった。昨年の結婚記念日のセックスが、やはりみさきをみじめにしてもいたし、プライドを傷つけてもいたのである。

あの晩と同じネグリジェを着ている自分の姿を、洗面所の鏡に見ながら、みさきは怖い夢を思い出そうとした。思い出せない。一年以上もキスさえない夫婦に比べれば、どんな怖い夢も怖くはないのかもしれぬ。みさきは艶のない顔で鏡に向かって笑った。

みさきが寝室に戻ると、謙次はダブルベッドで、安らかな寝息をたてていた。室内を真っ暗にすると眠れないという謙次に従って、寝室は冬でもレースのカーテンを閉めているだけである。

レースを通して、街灯の水銀灯の光が入っている。それは月光と似た色で、謙次の顔を闇に浮かばせている。

その寝顔をぼんやりと見ていたみさきは、静かに手を伸ばした。謙次の頰からあごをなぞる。伸びかかった髭《ひげ》が、みさきの指先を小さく刺激した。

みさきは隣りに横たわると、自分のその指にさわった。謙次のあごと頰に触れたばかりの指は、一晩で伸びた髭の痛さを残している。

かつて、一時間以上もかけて愛しあい、疲れ果てて抱きあったまま、シャワーも浴びずに眠ったことが幾度もある。それは浅い浅い眠りで、事後の気だるさを楽しむようなまどろみであった。

おそらく、謙次の方も半覚醒なのだろう。みさきが寝返りを打つと、突然、背後から強く抱きしめてくる。半分目覚め、半分眠った状態でも腕が反射的に自分の体に回されることが、みさきにはどれほど嬉しかったかわからない。

そんな時、必ず謙次の伸びかかった髭が、みさきのうなじに当たる。ベッドに入った時は伸びていなかったのに、愛しあい、まどろむうちに伸びている。それは、生ま身の男を感じさせるものだった。みさきは髭の痛さを味わいたくて、必ず首をねじっては頬を当てた。

今、ベッドの中で、両の指をぼんやりと眺めながら、この指が髭に触れなくなってから一年以上がたつと、改めて思った。

室内に射しこんでくる水銀灯の光に、みさきは指をかざしてみた。髭の痛さを思い出したのか、指はいつもより優しく見えた。

洗面所からみさきが寝室に戻った時、謙次はドアの開く音で目をさましていた。白い薄物のネグリジェが、再び隣りに入ってくるのを感じたが、謙次は気にもせず、すぐに目を閉じた。

ふと気づくと、みさきはベッドに体を起こしたまま、横になろうとしない。そればかりか、自分の顔に視線を感じる。謙次は寝入っているふりをして、ことさらに規則正しい寝息をたてた。目がさめていることを悟られてはまずい。

その時だった。みさきの手が伸びて、指が謙次の頬からあごをなぞった。瞬間にして謙次はとり肌を立てた。寒気を覚えながら、そんな自分を嫌悪した。それでも勝手に肌が粟《あわ》立《だ》ってくる。ひたすら、ひたすら寝息をたてることしか、謙次には手がない。

頬とあごをなぞると、やがてみさきは横になった。そして、長いこと、自分の指を水銀灯の光にかざして見ているようだった。みさきが何を思ってそうしているのか、謙次にはわからなかったが、とにかく寝たふりをし続けるんだと自分に言いきかせた、やがてみさきは謙次に背を向け、眠りに落ちていった。

それを確認した謙次の全身から力が脱けた。とにかく、ことなきを得たという安堵感で、笑みがこぼれそうだった。

もしも、目がさめていることを知られたら、今夜という今夜はみさきに泣かれただろう。おそらく、みさきは何ひとつ言葉には出さず、涙をこぼす。もはや一年以上、みさきの体に触れていないことを、謙次は決して忘れてはいなかった。むしろ、日に日に重くのしかかってきているだけに、無言で涙などこぼされては、抱くしかない。しかし、どうしてもみさきを抱く気にはなれなかった。それは苦痛どころか、拷問に近い。

理由はよくわからなかった。むしろ、理由を考えないようにしていた。とにかく妻とはセックスをしたくない。これだけで十分な理由であろう。断固したくない。それ以上にどんな理由がいるというのか。

みさきのことは愛していた。よそに愛人もいないし、妻や幼い娘と過ごす時間は何ものにもかえ難い。これはまぎれもなく本心であった。

三十四歳の謙次には、当然ながら健康的な性欲もある。それでもどうしても妻を抱く気にはなれない。性欲はいくらでも処理する場所があるし、事実、大学時代の後輩と肉体関係を持っていた時期もあった。すでに別れているが、つきあっていた当時、彼女には欲情するのに、妻にはしない。今もって、妻を抱くくらいならば、一人で処理する方がずっとましであった。

みさきが抱いて欲しがっていることは、もう四年以上も前からわかっていた。それは決してセックスの快感を欲しているばかりではないこともわかっていた。愛情を体で示して欲しいのだ。

しかし、それをいくら理解したところで、謙次はディープキスさえしたくない。妻に欲情しないのだからどうしようもない。

謙次が妻に対して見せる数々の思いやりは、抱かないことへの贖罪《しょくざい》であった。思いやりのすべてが、罪ほろぼしといってもよかった。

休日には謙次自らがハンドルを握り、「ドルフィン」に連れ出すのもそうである。

高級な西洋野菜、食用の花、外国のチーズなどが日常の食卓に不必要なことは、謙次にもわかっていた。あらゆる商品の値段が、町のスーパーマーケットより一割から二割は高い「ドルフィン」に、わざわざ出かける必要は何もないのである。

しかし、不必要な物を買い、不必要な高級ムードにひたることで、女の気持は豊かになることがある。まして、夫が金を払い、夫が守るように寄り添って店内を歩いてくれることは、若い妻にとってどれほど心がうるおうことか。それを謙次は察知していた。

結婚記念日に、ホテルのフランス料理店で食事をすることも、罪ほろぼしのひとつであった。無駄な金と時間を使って、毎朝毎晩見ている顔とディナーなどしたい夫がどこにいるものかと、謙次は思う。できることなら、自分もご免こうむりたい。

まして、ディナーの席に、みさきは精一杯着飾ってくる。化粧もいつもより濃く、アクセサリーにも服にも、気合いが入っているのが一目で見てとれる。それを見るたびに、謙次は心の中で「勘弁してくれよ」とつぶやく。つぶやく端から、「これが可愛いところなんだ」と思い直す。そして何よりも、抱かないことの罪ほろぼしなのだから、すべては我慢だと自分に言いきかせる。

一年目は、大きなバラの花束を抱えてホテルに行ったが、二年目からはレストランに届けるようにと、花屋に指定した。妻に渡す花束を抱えて歩く図を思うと、妙に気持が萎《な》えた。これが愛人に渡すものなら、そんなことはあるまい。

当日、店に届いた花を、みさきは頬を赤らめて喜んだ。謙次を見る目が、「こんなことして驚かすんだから。大好き」と語っていて、謙次はそっぽを向いてタバコの煙を吐いたものである。

気取ったフランス料理にナイフを入れながら、謙次はいつでも「早く帰りたい」と、そればかり思う。こんなところで着飾った妻と向かいあっていても、話は茶の間と何ひとつ変わりはない。亜矢子が幼稚園でほめられたとか、父母会の奥さんがこう言ったとか、町内会のお祭りでヤキソバの屋台係にさせられたとか、そんなことばかりである。それらに適当な生返事をしながら、そのうちに気づく。ディナーは抱かないことへの贖罪なのだ。そうなると機嫌をとるように、謙次はあわてて自分から話題をさがし、面白おかしく話し始める。みさきは嬉しそうに謙次を見つめ、濡れたような瞳をそらさなくなる。そのたびに謙次は「これ以上、濡れた目をされちゃ、あとがヤバイ」と思う。そして、再び謙次の方からヤキソバの話に戻すのが常であった。それでも、ワインの酔いも手伝い、みさきは囁くことがある。

「私たち、すてきな夫婦に見えるかしら。きっと見えるわよね」

謙次は見えても見えなくてもどちらでもいいが、機嫌をそこねたくないので笑ってうなずく。うなずきながら、自分の母親のことを思う。

母親だって満足にセックスなどしていたわけがない。しかし、父親は結婚記念日に外での食事に誘うこともせず、花も贈っていなかった。謙次と兄の慎一《しんいち》を猫かわいがりした父親であったが、母親に特別な気を遣ったところは、まったく記憶にない。それでもごく平凡な、ごく円満な家庭であった。母親は内心の葛藤があったのかもしれないが、子供に当たることも一切なかった。

謙次はそういう昔の女たちを思うと、レストランにいる自分が腹立たしくなる。妻を愛していることは十分に伝わっているはずであり、浮気相手とは格の違う想いを持っていることくらいわかるだろう。それなのに、何か月もセックスしていないということが、どうして自分の負いめになっているのか。

父親の時代には考えられない罪ほろぼしのサービスにつとめながら、やはり抱かざるをえない時もあった。

夫というものは「これ以上、セックスしないと女房は切れるな……」という勘が働くものである。謙次にもそれがわかる。

去年の結婚記念日の夜もそうであった。みさきの黒いスリップドレスを見た時、セックスを待っているのは一目瞭然であった。が、この時はまだ逃げ切る自信があった。テレビのスポーツニュースをつけてムードをぶちこわし、ワインをあおって泥酔した。本当はそこまで酔ってはいなかったが、そう見せないと逃れられない。

うまくベッドに倒れこみ、安心して眠った明け方、のどが渇いて目がさめた。すると、暗がりに白いものが見える。両の乳房をあらわにし、みさきが真新しい白いネグリジェに腕を通していた。

謙次は何も考えずに、むしろ考えないうちにみさきを押し倒した。裸の胸に刺激されたのではない。今夜こそと思って用意したネグリジェに袖を通す心が哀れだったからでもない。その時のみさきの目が怖かった。妙に静かなその目には、まったく光というものが感じられなかった。これ以上放っておくと、別居や離婚を言い出しかねないように思えた。

謙次は、家庭をこわす気はまったくない。ただ、妻とセックスをしたくないという、それだけなのである。

本来、愛情表現にはいろいろな形があり、言葉でも思いやりでもセックスでも、どれを選ぼうと勝手なはずだ。しかし、結婚したらそのすべてで表わすことが、暗黙のうちに決められている。それはひどく理不尽なことのように謙次には思えた。「愛している」ということが伝われば、どのような形であれ責められることではあるまい。

結婚記念日の明け方、ほんの二十分もかけずにそそくさと抱いたというのに、翌日からみさきの機嫌は目に見えてよくなった。

そんな妻を見るたびに、謙次は何とかもう少しひんぱんに抱いてやらねばと思う。以前から、みさきがそろそろ切れそうだと感じるたびに、朝食をとりながら心に決めた。

「今日こそやるぞ……」

が、オフィスの窓を夕焼けが染める頃になると、気が重くなってくる。妻を抱くぞと心に決めた日は必ずそうであった。何とか家に帰らずにすむ方法はないものか、とまで考え始める。これもいつものことであった。

夕焼けに染まるオフィス街を眺めながら、謙次はつぶやいた。

「……何だってこう、やりたくねッだろうなァ……」

理由は考えないようにしているとはいえ、謙次には思いあたるふしがないわけでもなかった。

みさきが自分の「分身」になったせいかもしれぬと、思うことがある。

ひとつ屋根の下で共に暮らすということは、何もかもあからさまにすることである。みさきが使った直後の便座に、すぐに謙次が座ることもある。体の関係のある男女を、「何もかもわかりあった」と言うが、日常的な猥雑《わいざつ》なことがらは、恋人関係の間は何ひとつわかっていないと言っていい。

結婚して、日常があからさまになることは、お互いへのいとおしさを増すものだと謙次は思う。事実、結婚してからの方がずっと、みさきにいとおしさを抱いている。しかし、それは謙次が自分自身のことを愛する思いに近いように感じることがあった。みさきという妻は、すでに自分の「分身」ともいえる存在であり、それを「深い愛」というなら、そのとおりである。

ただ、みさきが「分身」となってからは、みさきの体を開いたり、反応を見せられたりすることが、謙次には妙に恥ずかしかった。その恥ずかしさがこうじて、妻とセックスすることが苦痛なのかもしれぬ。そう思う端から、「言い訳かもしれないけどな……」とも思う。

結局は、謙次にとっても明確な理由はわからなかった。

ぼんやりとオフィス街の夕焼けを見ていると、終業のチャイムが鳴った。帰るしかない。

「イヤなことは早くすませるのがいいんだ。一発ヤルぞ！　ヤルぞ！」

謙次は机の上を片づけながら、小さく声に出してつぶやいた。これもいつものことだった。こうして自分に言いきかせ、自分を励まさないと、仕事もないのに残業しかねない。

「イヤなことは早くすませるに限るってな」

またつぶやいた時、部長の益田《ますだ》があわてたふうに駈け寄って来た。

「大倉君、すまんが、今から僕と鶴見工場までつきあってくれないか。ちょっとトラブルがあってね、広報が行かなきゃらちがあかないんだ」

救われたと思った。今から鶴見工場まで行き、トラブル処理をすれば、帰宅は間違いなく深夜になる。

その後も、「今日こそ！」「明日こそ！」と誓いながら、一日延ばしにしては無為に時をかせいでいた。

数日後の日曜日、タバコを買って戻ると、マンションの廊下にまで亜矢子の泣き声が響いていた。何ごとかと玄関に飛びこむと、みさきが叫んでいる。

「どうして亜矢子はわかんないのッ。ママの目を見なさいッ！」

そう言いながら、みさきまで泣いている。このヒステリー状態は、もう時をかせいでいる場合ではない。

ヒステリーとは、ギリシャ語で「子宮」を意味する「ヒステラ」からきているということを、謙次は唐突に思い出していた。

そしてその夜、みさきを抱いた。

抱きながら、「抱いているのはみさきではない。みさきではない」と呪文のように、心で繰り返した。それでも、妻であることは忘れられるものではない。次には懸命に、アダルトビデオの猥褻《わいせつ》なシーンを思い浮かべた。

翌朝、みさきの態度は明らかに変わっていた。目が優しく、声も弾んでいる。

謙次は「ああ、これであと半年は抱かなくてすむ……」と思い、自分も声が弾んできた。

あの朝、スキップするように駅へと向かったものだった。

洗面所から戻ったみさきは、ダブルベッドの片側で幾度も寝返りを打った。寝つかれないのかもしれぬ。毎晩、ひとつのベッドに体を横たえながら、何の接触もないというのは、みさきにとっては拷問であろう。

謙次はダブルベッドを入れたことを、つくづく後悔していた。みさきの体に触れたくない日が来ようとは、恋人時代には考えもしないことであった。

気がつくと、窓を叩く雨の音がかすかに聞こえていた。

第二章

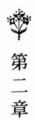

気がつくと、窓を叩く雨の音が大きくなっている。

武田《たけだ》祥子《しょうこ》は、夫の芳彦《よしひこ》の布団にいた。たっぷりと一時間をかけて、濃密な交わりをかわした後であった。芳彦はいい夫であったが、セックスが好きすぎるということだけが祥子には苦痛である。

何とか腕枕から脱けて、自分の布団に戻りたいと思うのだが、芳彦の腕はしっかりと祥子を抱えこんでいる。セックスの後の女というものは、腕枕で眠るのが好きなのだと芳彦は信じこんでいる。そんなサービスをわかっているだけに、祥子はいつでも腕枕が好きなふりをし続けていた。

小さないびきをかいている芳彦の隣りで、祥子は意味もなく天井を見ていた。みじめな思いが少しずつ、少しずつ広がってくる。その理由を、死ぬまで芳彦に言うつもりはなかった。

祥子は芳彦とのセックスで、ほとんど毎回、達したふりをしていた。

達することができないからみじめなのではない。芳彦の求めに応じて、さまざまな姿態をとり、何ひとつ感じていないのに声をもらし、震えてみせる自分がひどくみじめであった。

芳彦は三十七歳になるが、十日に一度は決まって濃密な交わりを要求する。時間をかけ、手をかけて、祥子がくたびれ果てるまで攻めてくる。

祥子はいつも、途中で飽きた。

芳彦と恋人時代や新婚時代には、数えきれないほどの絶頂感を味わっていたが、今ではそれはまったくない。同じ男が同じ手順で進めるセックスが、いつまでも新鮮であるはずはない。

しかし、祥子はどうしても芳彦の求めを断ることができなかった。それは皮肉なことに、芳彦の手順が恋人時代から何も変わっていないからであった。

芳彦はつきあい始めた頃から、祥子が悦《よろこ》ぶやり方に当たると、それを忘れなかった。そして、次には必ずそうしてくれる。恋愛時代の二年間で、芳彦の手順は確定していた。それは間違いなく祥子の悦ぶやり方の連続であったのだが、今もってそれを守り抜く。何ら変わることなく、必死で悦ばせようとする芳彦を、祥子はどうしても拒むことができなかった。

それでも抱かれながら、毎回、早く終わってくれないかと思う。今では早く終わらせるために、体をのけぞらせ、爪を立てて、上手に達したふりをする。手足をうまく痙攣《けいれん》させる術《すべ》まで修得していた。

そんな祥子を見ると、芳彦は満足そうに聞く。必ず聞く。

「よかった？」

祥子は満足すぎて声も出ないという演技をして、ぐったりしながらうなずく。「ああ、とりあえず今夜はオシマイね」と思うだけで、しめくくりの演技などいくらでもできた。

しかし、祥子が芳彦を愛していることは間違いなかった。祥子はいつでも、芳彦と結婚して本当によかったと思う。夜、二人きりで話していると、仕事で荒れていた心が凪《な》いでいくのを感じる。

祥子は一級建築士の資格を持ち、「結城《ゆうき》丈一郎《じょういちろう》建築事務所」に勤めていた。六十歳になる結城は日本でも屈指の建築家であり、祥子の大学の先輩でもあった。

祥子は大学院に在学中から、照明に関心を持ち、パリに留学して照明を学んでいた。結城事務所では、ビルディングや橋などのライトアップも手掛けており、第一人者の照明プランナーが幾人も在籍していた。祥子は自分も第一人者をめざし、彼らの下で夜も昼もなく働いてきた。

そんな仕事ぶりが、今ではかなり認められるようになり、結城も少しずつ祥子に任せ始めていた。

芳彦と知りあったのは、六年前になる。祥子が二十八歳の時であった。仕事が一番面白く、そして一番苦しい時でもあった。自信もあり、野心もあったが、結城や第一線の建築士と張りあうには、力不足は否めない。何を言ってもことごとく論破され、祥子は日に日にストレスをためていった。

そんな時、女友達の結婚式で隣りあったのが芳彦である。芳彦は新郎と高校時代の同級生であった。二次会でも芳彦は人なつこい笑顔を見せ、祥子の隣りに座った。

芳彦は祖父の代からの獣医で、家は大田区久が原にあった。一階が「武田ペットクリニック」、二階に両親と芳彦が住んでいた。父親も腕のいい獣医であり、評判を聞きつけて埼玉や神奈川からも患者が来る。

芳彦は隣りに座りながらも、祥子とはほとんど話さなかった。二次会には高校の同級生があふれており、見知らぬ祥子には儀礼的に酒をすすめる程度である。

賑やかな輪の中で、祥子だけが浮いていた。新婦とは中学時代からの親友であり、共通の女友達もたくさん来ていたが、話がまるでかみあわない。二十八歳の女友達はすでに全員が母親になっており、子供が一歳から三歳というところであった。すべての関心は子供であり、すべったの転んだのという話題に終始する。聞く一方の祥子に気づくと、あわてて話をふってくれるのだが、これが耳にするだけでうんざりする。

「すごいわねえ。一級建築士なんて。祥子の頭の中、どうなってるのか見てみたいわ」

これに対して何と答えればいいのか。笑っているしかない。

「照明プランナーならサ、うちの台所の照明も考えてよ。社宅に入った時につけかえた蛍光灯、そろそろ交換時だと思って」

祥子はまたも笑っているしかない。パリに留学してまで学んだのは、社宅の電球を取りかえるためではない。

祥子は仕事が残っていることを理由に、二次会の店を出た。その時、手洗いから出てきた芳彦と出口で会った。

「あ、もうお帰りですか」

「はい。お先に」

芳彦は少し間を置くと、言った。

「雌鹿ってね、雄をとりこにするフェロモンを体から発するんです。あのオバサンたちは、もはやフェロモン・ゼロ軍団」

芳彦はそれだけ言うと、片手をあげて席に戻って行った。

芳彦との出会いは、それっきりであった。電話一本こないまま、半年が過ぎた。祥子はその間ずっと、妙に芳彦のことが気になっていた。建築業界という男社会で、男とやりあえばやりあうほど、後で心に風が吹く。それでも、頑張りが少しずつ認められつつあっただけに、祥子は今、何としても伸びたかった。

しかし、深夜に疲れきって一人暮しのマンションに戻ると、ふっと芳彦の言葉が浮かぶ。初めは「あなたにはフェロモンがあるよ」という意味で言ってくれたのだと自惚《うぬぼ》れていた。しかし、電話一本こないところをみると、あれは単に、オバサンの言うことなんか気にするな、という意味の励ましにすぎなかったのかもしれぬ。

ある夜、風呂場の脱衣所で裸になった祥子は、鏡にうつった腰に目をとめた。骨が浮き出ている。確かにまた、やせたように思った。

全裸の体を鏡にうつす。気のせいか、肌が乾いているように見える。首の下の鎖骨は大きく出っぱり、もともと薄い胸がまたふくらみを失ったようである。まるで、背中のような胸だった。

まったく潤いの感じられない全身を眺めているうちに、ここ三年間というもの、セックスはおろか、プライベートで男と食事さえしたことがない事実に気づいた。

湯舟に体を沈めながら、恋人と半同棲の状態にあった大学時代は、胸は薄いなりに張っていたし、体に丸みがあったと思った。男の手によって女の体が変わっていくことに、今、祥子はいやというほど気づかされていた。だからといって、抱いてくれる恋人もいない。抱かれたいと思う男もいなかった。芳彦の顔も思い浮かべたが、抱きあいたいとは思わなかった。

長い風呂からあがり、バスタオルを使いながら、またふと裸の体に目をとめた。熱めの湯で体がピンク色になっているというのに、どこか棒のような印象を受けた。愕然とした。

その夜遅く、祥子は芳彦に電話をかけた。せめて男と二人で、お酒でも飲む時間を持たないと、自分は女でなくなるような気がした。わけもなく焦った。久が原の「武田ペットクリニック」を調べると、電話番号はすぐにわかった。

「山下《やました》祥子と申しますが……」

祥子が名乗っても、芳彦はまったく覚えていなかった。結婚式で会ったことを告げると、芳彦はやっと思い出した。

これは祥子のプライドを傷つけるより、焦りを増幅させた。フェロモンどころか、ずっと男と関わっていないことが、男にはわかるのかもしれない。多少なりとも自分に女を感じれば、あれだけ会話をかわしたのだから、忘れるはずがあるまい。

芳彦はすぐに思い出せなかったことを申し訳なく感じたのか、言った。

「そのうち、食事でも」

祥子は「そのうち」では困ると思った。「そのうち」などというのは、その場逃れの挨拶である。

「明日の夜、いかがですか。土曜日は診察はお休みでしょう?」

芳彦は一瞬とまどったようであったが、型通りの丁寧さで答えた。

「ええ。明日でもかまいませんが」

「それでは横浜の『白夜』というバーで。フェリス女学院の近くで、夜景がきれいなんです。古きよき横浜の匂いが残っているバーですから、お気に召すと思います」

「横浜ですか。都内に僕の行きつけの……」

芳彦の言葉を遮り、祥子は優しく言った。

「私、明日、横浜で仕事がありまして」

芳彦はそれ以上は言わず、バーへの道順を簡単に聞くと電話を切った。

祥子は脱力したように、ソファに座りこんだ。横浜で仕事などない。ただ、どうしても横浜の「白夜」で飲むことが必要だった。

「白夜」はロマンチックを通り越し、どこか淫靡《いんび》な雰囲気のバーであった。カウンターだけの、ひっそりとした小さな店だが、大正時代の横浜を思わせるような頽廃《たいはい》の匂いがあった。

そして土曜日の夜、芳彦は「白夜」に現われた。酒は強いらしく、火のつくようなラムを、オリーブを肴に飲む。祥子も酒は強く、ウオッカにライムをしぼりこみ、赤くもならずに干していく。話題は建築の話や動物の話や、とりとめのないものであった。

それでも、祥子は久々に男といる実感にときめいていた。カウンターに座っている芳彦の背中は大きく、老バーテンに空のグラスを示す時に見える手首は骨ばって太い。その背中と手首からだけでも、芳彦の体は十分に想像できた。

「白夜」を出たのは零時を回っていた。横浜港の灯を遠くに見ながら、二人は暗い山手の坂を歩いて降りた。このまま降りていけば、石川町駅に出る。芳彦が言った。

「駅前まで歩いて行けば、タクシーがつかまるでしょう」

「ええ」

祥子は短く答えた。

晩秋の夜風に吹かれ、二人は天気の話をしながら、坂を降りていく。途中で、芳彦が立ち止まった。タバコに火をつける。ライターの炎は風に吹かれ、消えた。祥子は手をかすこともなく、見ていた。芳彦はトレンチコートの腕で風を遮り、火をつけた。暗い坂道に、オレンジ色の炎が芳彦の横顔を浮かびあがらせた。大きく煙を吸いこむ。

祥子が言った。

「今夜、どこかに泊まりませんか?」

紫色の煙を吐き出すと、芳彦は驚くふうもなく、答えた。

「いいですよ」

何だか、水のような人だった。

タクシーの運転手に、芳彦は告げた。

「羽衣町に」

手なれたように近道を指示すると、タクシーは小さな和風のラブホテル前に停まった。

室内には春画もどきの浮世絵がかかっており、「夜具」というにふさわしい布団が二つ、畳に並んでいた。寝室と風呂場はすきとおったガラス戸で仕切られており、そこにはもっと卑猥な浮世絵が描かれていた。

まる見えの風呂場でシャワーを浴び、祥子は芳彦の布団に入った。初めからこうなることを望んでいた気もするし、頽廃の匂う酒場で男と会うことだけを望んでいたような気もした。しかし、今となってはどうでもいいことであった。

芳彦の腕の中に入り、祥子は言った。

「横浜に詳しいのね。スパッと『羽衣町に』って」

「ここ、前に来たことがあるから」

祥子の体の芯に、小さな火がついた。このホテルで誰かと抱きあったということが、体を刺激した。

「君、仕事で疲れきってたんだろ」

芳彦がポツンと言った。

「え?」

「仕事でクタクタになると、たいていの男は女が欲しくなる。たぶん、女もそうだと思って」

芳彦は祥子の薄い胸を掌で包み、囁いた。

「僕を町で拾った男だと思えよ」

壁の春画が祥子の目に入った。着物の裾を割って白い太股をむき出しにした女が、男に組み敷かれている。

「そういう時は、こういう連れ込み宿が一番いい。下品な気持になれる」

祥子は初めて、この男を好きだと思った。

過去、祥子の知らぬ女と下品になったのだろうと思うと、体の芯についた火が大きくなった。

祥子は町で拾った男を相手にするように、大胆に行為をした。それは再び顔を合わせる相手なら、決してできないことであった。それでいながら、「この人とはまた会う」という確信があった。また会う相手と、恥ずかしくて会えないような行為をしているという意識は、火照るような快感だった。

ラムとウオッカを注いだ二人の体は、暴れ、うねり、いつどこで果てたのやらもわからなかった。

あれから六年がたち、結婚生活は四年目を迎えている。

祥子は芳彦の腕枕からどうにかすべり抜け、バスルームのドアを開けた。

大きな姿見の前で、バスローブを脱ぐ。鏡にうつし出された裸身から目をそらした。演技をしながら、夫を受け入れた体を見たくはなかった。

セックスが好きすぎるという一点を除けば、芳彦は最高の夫であった。何よりも、祥子の仕事を芳彦自身が誇りにしている。祥子がいい仕事をすることが、一番嬉しいと言う。双方の実家から孫の顔が見たいと遠回しに言われるたびに、芳彦は祥子に聞く。

「君が作りたいなら作ろう。どう?」

祥子は子供が嫌いではないが、今は仕事がしたかった。ここ二年くらいが、仕事の上では大きなチャンスであり、それをはずしたくなかった。三十四歳という年齢は、出産年齢のリミットというほどではない。子供はもう二、三年は作りたくないというのが本音であった。そう言って謝る祥子に、芳彦は必ず言う。

「僕は今のライフスタイルが一番好きなんだから」

芳彦の父は、芳彦が結婚した直後に亡くなり、母は友人の多い横浜で、気ままなマンション暮しをしている。それだけに、何の気がねもいらない生活を二人は続けていられた。

芳彦と話していると、祥子はいつも心が和《なご》む。物言わぬ動物を相手にしているせいばかりではあるまいが、祥子の心を読むのが非常にうまかった。疲れきっている時には放っておいてくれるし、これ以上は突っこまぬ方がいいと思えば、あうんの呼吸で引く。祥子の仕事上の人間関係についても、常に的確なアドバイスをする。妻としては、いつも自分が丸ごと愛されているという安らぎがあった。

しかし、どうして妻がセックスに飽きていることを読みとれないのか。そして、達した演技をしているのがなぜわからないのか。祥子には不思議でならない。自分の欲望を処理したいがあまり、気づかないふりをしているのだろうか。

祥子は「処理」という言葉に行きあたるたびに、みじめになってくる。しかし、何ひとつ問題のない結婚生活だけに、それを維持するためには、この程度の我慢は些細なことなのかもしれない。

祥子はセックスが嫌いなのではなかった。結婚前に得ていたような、本当の快感が得られるのならいい。それは気持をやわらげ、自分が解放され、愛する相手との肉体言語ともいえるものである。

ただ、今はもう芳彦とのセックスには飽きた。夫として愛してはいるが、セックスには飽き飽きしている。

いかにも感じているような演技をしながら、祥子はよく仕事のことを考えていた。「明日の客はうるさいから、ピシッとスーツで行こう」とか「あの書類、コピーを二部とっておいた方がいいな」とか、時には会議の段どりを考えることさえあった。それでいながら身をそり返らせ、眉間に悦びの表情を刻む。すべて演技であった。

芳彦には祥子との結婚を決める時、かなりの躊躇《ちゅうちょ》があった。

あらゆる点で祥子の方が上位にいることが、芳彦の気持を重くしていた。

祥子は一流国立大学の工学部で建築を学び、大学院に進んでいる。その大学は建築学科が最難関で、祥子は都立高校からストレートで合格していた。大学院の一年の時、国費でパリに渡り、照明を学んだ。これだけでも芳彦には勝てないのに、加えて一級建築士の資格を持ち、結城丈一郎に目をかけられている。

芳彦はといえば、いわゆるお坊っちゃま大学の獣医学部を出て、家業のペットクリニックを継いだだけである。頭は悪くはなかったが、祥子の経歴に比べると見劣りする。ただ、一人息子として伸び伸びと育てられ、気のいい男ではあった。当然のことながら、友人も多かった。

その友人の一人の結婚式で、祥子と出会っていたのだが、ほとんど記憶になかった。やせて背が高く、色気の感じられない女だったし、そんなにすごい経歴の持ち主だということも知らなかった。ただ、主婦である友人たちと話が合わず、何となくしらけているようすに気づいていたという程度である。

その祥子から突然、電話がかかってきた時は、誰だかまったく思い出せなかった。友人の結婚式からは六か月もたっていたし、関心もなかったから覚えているわけもない。

「白夜」のカウンターに並んだ時、祥子は言った。

「オバサンたちにはフェロモンがないって言って下さって、私、少し救われたんですよ」

そんな気のきいたことを言ったとは、芳彦は初めて知った。酒に酔っていたのか、まったく覚えていない。顔に出ないたちなのでそうは見られないことが多いが、翌日になってから空白の時間に気づくことがよくある。祥子には覚えているふりをしてごまかした。

「白夜」で会うことを承知したのは、女から電話をかけてきたというのに、まったく記憶にないことへのバツの悪さと、祥子が積極的で、これなら断るより会った方が手間がかからないと思ったからにすぎない。

「白夜」のカウンターで、先に着いていた祥子が会釈した時、芳彦はホッとした。どうしても祥子の顔が思い出せず、また失礼なことをするかもしれないと思っていたのである。挨拶をしながら、「ああ、そういやこんな女、隣りにいたかもしれない」と思った。

この時、芳彦にはつきあっている女がおり、彼女と結婚するつもりでいた。井上《いのうえ》美保《みほ》という彼女は二十三歳のOLであった。可愛がっているペルシャ猫を診察したのがきっかけで、すでにつきあいは二年になる。二人きりでグアムやサイパンにゴルフにも出かけていたし、

「妊娠したみたい」

と打ち明けられた時は、すぐに、

「産めよ」

と言った。

結局、妊娠はしていなかったのだが、いずれ結婚する心づもりはできていた。

祥子に初めて興味を持ったのは、「白夜」でその経歴を知った時である。祥子が積極的に話したわけではなかったが、二人きりで飲むうちに、それは嫌でも見えてきた。

芳彦の出た私立高校からは、祥子の学んだ大学の建築科には、三年に一人が合格するかしないかである。それほどの難関にサラリと現役で合格した女を、芳彦はあきれる思いで見ていた。

祥子はどんな話題にも、軽やかに反応した。政治や経済も語るし、芸能ゴシップにも、おいしいレストランにも詳しかった。ただ、動物は苦手だと、申し訳なさそうに言う。

「昔からダメなんです。犬も猫も写真で見ると可愛いと思うのに、どうしても抱っこできない。小鳥なんてもっとダメ。あの針金みたいな足や羽なんて、それこそとり肌が立つの」

そう言った後で、笑って言った。

「私ね、果物もダメなの。苺もオレンジも桃もサクランボも、全然食べたいと思わない。女の子って犬や猫を見ると、『ウワァ！　可愛い』って頬ずりして、『好きな物はフルーツです』って言う人が多いでしょ。そういう人と会うたびに、私、コンプレックスを持つの。何か可愛くないもの」

美保はまったくそんな女だった。ペットクリニックに来る女たちも、そういうタイプが多かった。祥子の言葉を、内心では「とり肌が立つとは、獣医に向かってよく言うよ」と思いつつ、芳彦はどこかで面白がってうなずいていた。ペットとフルーツが好きな女ばかりを見てきただけに、虚をつかれた面白さがあった。

暗い山手の坂道で、祥子に、

「今夜、どこかに泊まりません？」

と言われた時、内心ではタバコを落とすほど驚いた。このやせた、色気のない女と「セックス」という行為がどうしても結びつかない。が、次の瞬間、答えていた。

「いいですよ」

折りしもの風にタバコの煙が流れ、芳彦は目をしばたいた。目に表われた驚きは、絶対に悟られなかったろう。

誘いを受けたのは、単純に興味があったからである。これほど知的レベルの高い女がどういうセックスをするのか、気をそそられた。知性を意識している女は、後くされがないだろうという狡《ずる》さもあった。美保もいることであり、後くされのあるのが一番困る。

初めはラブホテルに行く気はなかったが、坂道を歩きながら考えた。

「この女は、何だって俺と……」

その時、ふと気づいた。徹夜で麻雀や仕事をやり、疲れきった時に必ず女が欲しくなる自分自身に。

坂道を並んで降りていく祥子は、そう思って見るせいか、仕事にやつれて見えた。おそらく、男とも何年も関わっていない顔だ。それなら、俺が身も心も解放してやるという情がわいた。下品なベッドで、いくらでも下品になればいい。もしも、この女がそうなれるものなら、という気持になっていた。ほとんど見ず知らずの芳彦を誘う女の思いが、何となく胸にしみてもいた。

下卑た一室で抱きあうや、芳彦は驚いた。セックスの好きな女だということが、すぐにわかった。

「電気を消さないで」

祥子は煌々《こうこう》とした灯の下で、からみついてきた。

やせて骨ばった腰、まるでふくらみのない胸でありながら、セックスはうまかった。挑みかかるかのように、何でもやった。男を悦ばせるテクニックを、玄人《くろうと》のように心得ていると言ってもよかった。そして、芳彦に対しては、こうして欲しいと口に出す。こういう女とつきあったことはなかった。

自分の体の下で果てた祥子を上から見ながら、芳彦は初めて味わうような快感を覚えていた。経歴や知的レベルではかないそうもない女を好きなように扱い、何でもさせ、そして、最後は芳彦自身が殺した。

芳彦は祥子の上になっていた体を動かした。立ちあがり、タバコに火をつけた。祥子は一糸まとわぬ体を長々と伸ばし、荒い息をしながら動けずにいた。

芳彦は「オーガズム」という言葉が、「小さな死」を意味することを思い出した。下品なピンク色の灯の下、裸の体に毛布を引き寄せる気力もなく、祥子は死んでいた。

俺がこいつを殺したという快感は、美保には最初から持てなかった。女を抱いた快感はあっても、殺したという快感は一度もない。

芳彦は裸のまま、立ってタバコを吸った。一八〇センチの長身が、素っ裸で死んでいる祥子を見降ろした。タバコを一本吸い終わっても、祥子は動けずにいた。見降ろしながら、芳彦はいい気持だった。

それっきり、祥子からは二週間以上、電話一本なかった。芳彦はその間に、美保を二度抱いた。祥子よりははるかに丸みのある、まさに女の体であったが、祥子を殺した後ではまったく面白くない。灯を必ず消させることも、大胆なことを要求すると恥じらうことも、決してうまいとはいえないことも、今まではすべてが可愛らしかった。遊びなれていない証拠に思えて、いじらしくもあった。

しかし、祥子ほど知的で、いい仕事をして、社会的にも認められている女が、あそこまで淫らになれる。それを知ってしまうと、平凡な美保が恥じらったり、下手だったりというのは、単に鈍いとしか思えなくなってきた。

そんなある日、小さな新聞広告を目にした。「都市の灯」というシンポジウムの案内で、フランス人二人と祥子がパネラーとして名前をつらねていた。

芳彦がシンポジウムに出かけてみると、五百人ほどの聴衆を前にして、祥子はすべてフランス語で渡りあっていた。聴衆は同時通訳のイヤホーンをつけていたが、芳彦には内容などどうでもいいことであった。ペパーミントグリーンのスーツをマニッシュに着こなした祥子が、流れるようなフランス語で話すのを見ていた。

「あのスーツの下の体を、俺は知っているんだよ。あのスーツの下の体で何を……。フランス語が出てくる口で何を……。あいつは俺に殺されたんだよ」

そう思うと、欲情した。薄くて棒のような祥子の体に、激しく欲情した。

その夜、祥子を渋谷のラブホテルに連れこみ、ペパーミントグリーンのスーツを引きちぎって押し倒した。祥子は一度目よりさらに激しかった。

間もなく、美保とは別れた。

結婚して四年がたち、芳彦は十日に一度、今でも必ず祥子を抱く。

実は、芳彦自身は、かつてのような快感を覚えていなかった。祥子に欲情するということも、もはやなかった。

ただ、妻とセックスすることは、夫の義務だと割り切っていた。仲間たちに会うと、彼らは必ず言う。

「オカアチャンとやってなくてサ。そろそろ半年だよ」

「俺んとこなんか、もう二年」

まるで自慢話のように言う。それでも一緒にいるのだから、それはそれで夫婦の平和ということかもしれない。しかし、芳彦はセックスという義務は、結婚した以上は果たすべきだと考えていた。

できることなら、月に一回くらいにしたいが、あれほどセックスの好きな祥子が我慢できるわけがない。長いつきあいの中でわかりあったやり方で、十日に一度、濃密に体を重ねるからこそ、祥子は充ち足りた気持でいい仕事ができるのだ。

今では、芳彦と祥子の社会的な差はますます大きくなっている。祥子の年収は、講演や多くのアルバイト、大学の非常勤講師もやっていることから、一千三百万ほどある。あまり商売のうまくない芳彦は、八百万がいいところである。社会的にも祥子のポジションは高くなっており、新聞や雑誌に載ることも少なくなかった。

そんな妻に、夫として屈折した気持がないわけではない。美保と結婚して、当たり前に子供を作り、当たり前に家族でディズニーランドに行く幸せを選んだ方がよかったと思うことがある。

雨の日、講演に出かける祥子を黒塗りのハイヤーが迎えに来て、自分は傘をさして駅まで歩き、往診に出かけた日はさすがに気持が沈んだ。車を車検に出していたから電車なのだ、という理由は何の役にも立たなかった。

それでも、芳彦は自信があった。あれほどセックスの好きな女を、毎回達せさせられるのは、自分くらいしかいないと思っていた。妻の仕事が認められ、社会的地位があがるほど、自分の後ろ楯が認められたような気になる。

仲間たちは自分の妻に対し、

「愛してるんだから、やらなくたっていいんだ」

と言う。が、女であれ体の充足が心の充足につながるはずだ。毎回、自分の下で体をそらせて果て、一度たりとも拒否しない祥子を思うと、何があろうと義務としてのセックスを、こなさねばならぬと思う。

それに、毎回死ぬ祥子を見ることで、自分自身とのバランスを保とうとしている事実をも、芳彦は承知していた。

十月も残すところ一週間となり、謙次の勤める東洋電機では、本社ビルをクリスマスらしくライトアップする計画が進んでいた。

ひと頃の景気が影をひそめた今、あまり金をかけずに、洗練されたライトアップでイメージ作りができないものかと、広報室が中心になって話をつめていた。

その計画をうけおったのが結城丈一郎建築事務所である。

最終的な、細かな打合せが持たれた日、祥子は東洋電機の本社を訪れた。これまでも会議のたびに足を運んでいたのだが、謙次はいつも他の会議があったり、出張で不在だったりして、二人はまだ会ったことがなかった。

受付に出迎えた謙次の方に、祥子は走ってきた。約束の時間を三十分も過ぎ、打合せはすでに始まっていた。

ロビーの向こうから、祥子は走りながら叫んだ。

「遅れてすみませーん。武田です」

そう言ったとたん、大理石の床にハイヒールがすべり、祥子はもんどりうって転んだ。

「大丈夫ですかッ」

駈け寄った謙次の手を借りて、行きかう人々の目の中で、祥子は顔をしかめて立ちあがった。

ハイヒールのかかとが、片一方だけ吹っ飛んでいた。

「あらァ……参った」

謙次は転がっているかかとを拾い、言った。

「地下に靴屋がありますので、僕が修理に出しておきます。今、スリッパをお持ちしますから」

祥子はそれには答えず、かかとのついている片一方を手にした。そして、力まかせにそのかかとをもぎ取った。

「こっちもグラグラしてたのね。すぐ取れちゃったわ」

かかとのないハイヒールをはき、祥子は歩き出した。二、三歩行くと、謙次の方を振り返った。

「やっぱり歩きにくいわね。ま、スリッパよりはマシよね」

初めて笑ってみせた。

面白い女だなと、謙次も笑った。

第三章

ヒールのない靴をはいた祥子を中心に、東洋電機のイルミネーション会議は進んでいった。

「安く、豪華に、センスよく、個性的に」という面倒な条件を示した東洋電機であったが、結城建築事務所のスタッフは幾つものユニークなプレゼンテーションを示していた。先月の会議で、すでにその中のひとつが選ばれており、重役会議をも通っていた。今日の会議はその最終確認というレベルのもので、実際に装飾工事を手掛ける現場スタッフも出席していた。

今回のイルミネーションは、結城が初めて全面的に祥子に任せており、会議の席で祥子は笑顔で言った。

「初めて、私がチーフとして進めた仕事ですので、非常に気合いが入りました。絶対にお隣りの銀座には負けられないと思っておりましたので、クライアントに喜んでいただけて肩の荷をおろした気分です」

悪びれずに言う祥子が、謙次には意外であった。照明プランナーとして、時に新聞や雑誌にも出ている祥子だけに、鼻もちならない自信家の女かと思っていたが、心から嬉しそうに、上気した頬を見せている。

部長の益田が、そんな祥子に皮肉めかして言った。

「あなたのような第一人者が、あまり謙虚なことを言うと嫌味ですよ。京都の名刹のライトアップまで手掛けた人が」

祥子は笑って、手を振った。

「あれは本当の第一人者の吉田《よしだ》公太《こうた》が、全部を仕切ったんです。ところが、吉田が胃かいようで倒れまして、一番おいしい時に私が代打で入ったというのが実情でお恥ずかしい限りです」

益田はあきれたように言った。

「え、でも、新聞にはあなたの仕事みたいにデカデカと」

「ええ。私がさも自分でやったかのようにインタビューで答えましたので」

「ひどいなァ」

思わず言った後で、益田は苦笑して謝った。

「イヤ、すみません」

「いいえ、吉田も病床で同じことを言いました。ですから、病院に見舞いに行くたびに、高級なウィスキーを持って行って」

「胃かいようの患者に?」

「ええ。早くこれが飲めるまで回復しないと、次の仕事も私のものよって。……さすがに六本、枕元に並んだ時、吉田は『クソーッ』って叫んでました。もっとも、間もなく治って出社した時には、私の方が『クソーッ』って叫びましたけど」

益田も他の出席者も、笑い出した。笑いがおさまるタイミングをつかみ、祥子はスパッと言った。

「ですから、今回が初めてのチーフなんです。いい仕事をさせていただき、本当にありがとうございました」

益田の目が好感を持って祥子に注がれているのを、謙次は確認していた。

やがて、具体的な電飾工事の議題になると、祥子はみごとなまでに、現場のチーフをたてた。ほとんど口をはさまず、聞かれたことだけを簡潔に答える。

謙次は新鮮な思いで、そんな祥子を見ていた。東洋電機の本社にも、三人の女性管理職がいるが、どうも手柄を独り占めしたがる傾向が、三人ともにあった。あるところまでをやったらスッと引けばいいものを、「私が」「私が」とアピールする。たとえ引いても、手柄は他者に移らないものであるのに、そこがわかっていない。

大きな組織の中でやっと管理職の座をつかんだ女たちである以上、肩に力が入るのは当然かもしれないと思うことにして、謙次は許していた。それだけに、祥子の悪びれない会話や、益田の皮肉をうまくそらしたユーモアや、スタッフをたてる態度は新鮮であった。

会議の最中、謙次は祥子ばかりを見ていた。これまで自分は知的な女には一切、縁がなかったと気づいた。みさきは愛らしい女であり、穏やかな性格も謙次を安らがせてくれる。

しかし、決して知的な女ではない。謙次は恋人や妻に、知的であることを求めたことはなかった。しかし、祥子を見た今、「カッコいい女」というのがいるのだと、教えられたような気がした。

どう考えても、みさきは「カッコいい女」にはなりようがなかった。「可愛い女」にはなれても、知性がないと「カッコいい女」にはなりえないのだと、謙次は思いあたった。それでもやっぱり、みさきのことを一番愛していたし、祥子のような女が妻では疲れ果てるだろうということもわかっていた。祥子の左手のくすり指にはめられている結婚指輪に目をやりながら、どんな男が夫なのだろうと、ぼんやりと考えた。

謙次が夜十時過ぎに帰宅すると、すでに風呂を終えたみさきがパジャマ姿で出迎えた。パジャマは薄手のニットで、ブラジャーをつけていない乳房が、大きく盛りあがっているのがわかる。謙次は瞬間、いやな顔をした。祥子の薄い体を見た後では妙に垢抜けなかった。

この豊かすぎるほどの乳房を他の男には絶対に渡したくないという思いが、結婚に踏み切る大きな要因であったのに、今では垢抜けないと思う自分に、謙次は自己嫌悪を覚えていた。

そんな謙次の一瞬の表情をみさきは見逃さなかった。いつもと同じように、明るく、

「お茶漬けの用意、できてるわよ」

と言い、台所に立ちながら考えた。会社で嫌なことがあったとは思えなかった。謙次は間違いなく、自分を見て眉をしかめたのだ。帰宅が遅い時は、パジャマ姿で出迎えるのはいつものことである。新婚当初は化粧も落とさず、食事もせずに待っていたが、それをやめてくれと言ったのは謙次の方である。それ以来、パジャマで待とうが化粧を落とそうが、今日のような顔をされたことは一度もなかった。

「お茶漬けは海苔にする？　それともシャケがいい？」

みさきは自分の声が、いつもより優しくなっていることに気づいていた。勝手に不機嫌になっているのは謙次の方なのに、ついご機嫌をとる。

「お茶漬けはいらない。寝る。ちょっと風邪気味で、何だか疲れた」

謙次は軽く手をあげると、寝室へと出て行った。その表情はいつもと変わりなく、口調も穏やかであった。

それにしても、あの一瞬の眉のひそめ方は何だったのか。夫婦喧嘩で言ってはならぬことを口走ってしまったとか、疲れきって帰宅した時に部屋の中が散らかっていたとか、そんな時に思わず眉をひそめたのならわかる。しかし、謙次は、ドアを開けた瞬間に不快な顔をしたのだ。これは、みさき自身に不快感を覚えたとしか考えようがなかった。

みさきにはその原因が思いあたらず、しかし、それよりも、そんな謙次に対してついご機嫌をうかがってしまう自分が情けなかった。だが、それは当然のことだとも思う。結婚してまだ五年であり、かつ、自分にとっては不釣り合いなほど格上の夫である。みさきにしてみれば、どこかにいつも「結婚していただいた」という思いがあった。

謙次に嫌われることが、今は何よりも怖い。しかし、このところ、少しずつだが嫌われているように思えてならない。そうでなければ、かつてのようなセックスがあるはずである。もう十一月になろうというのに、セックスどころかキスさえない。加えて、今夜の不快な表情である。

「私に飽きたのかもしれない……」

みさきは小さく、声に出してつぶやいた。飽きればセックスはしなくなって当然であるし、帰宅した時に不快をあらわにすることも当然であろう。

それにしても、謙次がセックスしなくなったのは、結婚後半年あたりからである。そんなに早くから飽きられたとは思えない。どうして抱いてくれないのだろう。みさきの思いは必ずそこに行きつき、必ずそこから先の答は見つからない。

ソファに座りこみながら、みさきはふと自分の胸に目を落とした。このところ、太り気味であることはわかっていた。どうしても残り物を食べて整理せざるをえないせいか、独身時代にはなかったぜい肉が、腰にもウェストにもついてきていた。こんな体型だから、抱く気になれないのかもしれない。

みさきは小さくため息をついた。太り気味の体を締めるために、何か運動を始めようか。昔のように、くびれたウェストとぜい肉のない腰につながる大きな乳房、という体型を取り戻せば、謙次の気持も元に戻るのではあるまいか。一人で寝室に入って行った謙次の咳が、小さく聞こえてきた。

謙次は咳をしながら、みさきにすまないことをしたと思っていた。決して祥子に惚れたわけではない。あんな女を妻になどしたくもない。ただ、祥子を見た後でみさきを見たら、ひどく鈍そうに見えただけなのだ。あれほど愛撫した大きな胸までが、単に重いだけに見えた。

勝手だと思う。思うが、そう見えた。ただ、一瞬の不快な表情は、絶対にみさきには悟られていないという自信があった。みさきはそういうことに鈍い女だ。鈍い女というのは、心安らぐ。だから、謙次は結婚生活に何の不満もなかったし、みさきを愛らしい女として守ってもきた。

今夜あたり、抱いてやればすべてが円満解決すると思う。愛していることは事実であり、謝罪の意味もこめて、抱いてやればいいのだ。

謙次は天井を見ながら、小さくため息をついた。やってやれないことはないと思うが、できれば勘弁して欲しい。両手で包みこめないほどの乳房や、過敏に反応する体は、男にとっては垂涎《すいぜん》の的であろう。謙次も貪り尽くしただけに、よくわかる。だが、今や謝罪のためであれ、義務のためであれ、みさきの体には何も感じない。

時々、みさきが太りすぎていることを口にするたびに、謙次は話をそらしてきた。ダイエットだの運動だのと言い出されては困る。体重を落としたら抱いてくれるだろうと期待されても、応えようがない。妻とセックスしたくないのは、体重や体型の問題ではないのだ。

謙次はみさきの体型が崩れたとは、全然思っていなかったし、肉がついたとも思っていなかった。

もっとも、それはみさきとセックスしていないのだから、気づきようもないことであったが。

リビングのドアが閉まる音がして、みさきの足音が寝室に近づいてきた。謙次はあわてて目をつぶり、寝息をたてた。抱いてやればすむのだが……と思いつつ、反射的に寝たふりをする。

みさきは寝室に入ると、謙次に優しく布団をかけ直した。そして静かに、ダブルベッドの片側にすべりこんだ。


十一月一日、東洋電機本社ビルに初めてイルミネーションのスイッチが入れられた。堅い大企業が並ぶ大手町にあって、このイルミネーションは人目を引いた。

祥子は、十五階建てのビルを靴下に見たてていた。靴下の中には、サンタクロースからのプレゼントが詰まっている。靴下もプレゼントもすべて白熱電球を使用して形作っていたが、地上からグリーンと赤で、ビル全体をライトアップした。

それはビジネス街に、突然あらわれた夢の靴下であった。ヨーロッパの都市で見るようなシックな電飾でありながら、グリーンと赤のライトアップがクリスマスムードを盛りあげ、道行く人々は立ち止まって、ビルを見上げた。

初日ということで、現場スタッフも結城建築事務所のチームも、東洋電機の関係者も全員がそろい、通りに出て歓声をあげた。道行く人々の多くが言った。

「これって、どこのビル?」

「東洋電機じゃない?」

それを耳にするたびに益田は満足そうにうなずく。そして、隣りで見上げる謙次に、幾度も囁いた。

「企業としては、まずまずのイメージアップだな」

益田が「まずまず」どころか、十分に満足していることは、その表情からも明らかであった。

「武田祥子というオバサン、案外やってくれるねえ」

益田はそう言い残して、ビルの中に入って行ったが、謙次は未練がましくあたりを見回した。初日だというのに、肝心の祥子が来ていない。スタッフの話によると、どうしても抜けられない出張で大阪に行っているという。少し遅れても現われるのではないかと、謙次はそればかり思っていた。

次々にオフィスに戻ろうとするスタッフに、謙次は声をかけた。

「僕はしばらくここにいるよ。もう少し、通行人たちの反応を見たいんでね。部長にはそう伝えて」

晩秋の空は、刻一刻と暮れていく。謙次はコートの衿を立て、ビルを見上げた。暮れた空に、イルミネーションはますますくっきりと輝き、家路を急ぐサラリーマンやＯＬたちが、歓声をあげた。

このあたりは大新聞社や堅実な大企業のビルが多く、どこもクリスマスのイルミネーションなどはしない。東洋電機とて、今年が初めてであった。

新社長が、

「家電メーカーなんだから、何かこうあったかい飾りつけを考えてもいいだろう。このあたりはどこもやらないから、目立つよ」

と言った言葉で決まっていた。

祥子は「お隣りの銀座には負けられない」と言ったが、このシックなイルミネーションならパリにもニューヨークにも負けまいと、謙次はビルを見上げた。

決められた予算の中でプランを練り、現場スタッフと渡りあい、街行く人の足を止めさせる仕事をする祥子に、謙次は改めて「カッコいい女」という思いを抱いていた。

結局、冷たい風の中に、三十分近く立っていたが、祥子は現われなかった。仕事が終了した今、祥子と会う機会はもはやない。挨拶に来社することはあるかもしれないが、そんな会い方ではなく、酒を飲みたかった。仕事終了の打上げにかこつけて、謙次から誘い出すことも可能ではあったが、それはまずいことのような気がした。部長の許可なく二人で会っていたということがバレたりすると、どうもうまくない。サラリーマン根性と言われようが、謙次はそこまではしたくなかった。

その夜、謙次はクリスマス対応の仕事に忙殺された。イルミネーションにからみ、今からできるだけのパブを打つことや、全国の販売店で子供たちに「靴下プレゼント」を展開することなどの雑務処理に追われた。

零時になろうという時、謙次は社を出た。イルミネーションは九時で終わっており、大手町の通りを冷たいビル風が吹き過ぎていく。謙次は灯の消えた軌下を見上げた。祥子と会うことはもうないだろうが、あんなご立派な女を知ったことは面白かった。

駅に向かおうとすると、タクシーが急停車した。中から祥子が飛び出してきて、謙次に気づいた。

「あら、今、お帰りですか」

「ええ。武田さんこそ、どうしました?」

「初日ですから、見に来たんですよ。大阪から最終の『ひかり』だったんで、今になっちゃって」

「今って……もう終わりですよ。九時で」

祥子は携帯電話を取り出すと、ダイアルした。

「あ、武田です。今からスイッチ入れて下さい。ん、三十秒間でいいです。ありがとう」

電話を切ると、祥子は笑って言った。

「大阪から益田部長にお願いしたの。ほんのちょっとでいいから見せて下さいって。明日の夜にゆっくり見ればいいんだけどね、やっぱり今日見たくて」

その時、ビル一面に灯がついた。人通りの絶えたオフィス街に、巨大な靴下が浮かびあがる。グリーンと赤のライトは、夕暮れに見た時よりも一段と、ビルを幻想的に彩っていた。

「オーッ！　いいじゃない、いいじゃない！」

祥子は拍手して叫んだ。

「んー！　これなら文句ない。よかったァ」

口を小さく開け、熱っぽい目でビルを見上げている祥子に、グリーンと赤のライトが反射する。

「やだ、守衛さんったら一分以上もつけてくれてる。サービスしてくれて。ねえ」

笑顔で祥子が謙次を見た。祥子の顔が闇の中で浮くように白く、唇の赤さが際立っている。興奮のせいか濡れたように黒い目が謙次に笑いかける。祥子は再び、イルミネーションを見上げた。

「きれい……」

つぶやく横顔が、泣き出しそうな幼女に見えた。その瞬間、自分でもわけがわからぬうちに、謙次は祥子を抱き寄せ、唇を重ねていた。それはほんの何秒かであり、かすった程度のキスであったが、唇をはなした時、謙次は自分のやったことが信じられなかった。ただ、抱き寄せた時に甘い香水が体臭とまじってかすかに匂ったこと、胸が非常に薄い実感だけが残っていた。

祥子はまったく、何ごともなかったかのように笑った。

「ありがとう。うまくいって、本当に私も嬉しいわ」

イルミネーションが消えた。あたりは再び、ビル風が新聞紙を舞いあげるビジネス街に戻った。

「じゃ、私はこれで。おやすみなさい」

祥子は言うと同時に、謙次の唇にキスをした。そして通りかかったタクシーに乗りこみ、消えていった。

やられた、と思った。謙次のキスを帳消しにするために、祥子は自分からも軽やかに唇に触れたのだと思った。謙次のキスの意味をわからぬはずはない。日本の男たちはいくら仕事が成功したからといって、唇を重ねたりはしないものだ。

そして、それからというもの、会社でも自宅でも祥子のことばかりを思い出していた。

みさきの住むマンション周辺も、このところ冬の色が見え始めていた。ベランダに干した毛布にあたる陽は、もはや冬の光であり、植えこみの木々も葉を落としつつある。みさきは毛布を取りこみながら、弱い陽ざしに目を細めた。

ここ一週間ほど、謙次のようすが不安定なことが気になっていた。一瞬の不快感を見せた翌日から、妙に優しい。相変わらずセックスはなかったが、この優しさはどう考えても奇妙であった。朝、出勤する時は、

「じゃ、行ってくるね」

と言い、みさきの肩に触れたりする。今までは亜矢子の頬をつつくだけで、みさきの方

はろくに見もしなかった。それに、今までは確かに、

「行ってくるよ」

だった。「よ」が「ね」に変わった。これだけのことで優しさがまるで違う。かと思うと、テレビを見ながらも実は見ていないことがある。今まではテレビの前をみさきが横切ったりすると、

「オイ」

と声が飛んだものだ。試しにわざとウロウロしてみたが、謙次はどうでもいいらしく、何も言わなかった。

一瞬の不快を示した後で、この優しさ、この放心。こんな不安定を目《ま》のあたりにした時、みさきは確信した。

女がいる。

謙次はまだ三十四歳であり、大学の同級生も会社の同期生も、恋愛中や未婚者が大勢いる。恋愛にのめりこんで当然の年齢であるし、まして不倫の恋ともなれば、不安定になる

のも致し方あるまい。

おそらく、女とうまくいき始め、その申し訳なさから妻に優しくなっているのだろう。

みさきは自分の憶測に、体の芯が冷えていくのを感じた。

どんな女なのだろう。若いのだろうか。会うたびにセックスしているのだろうか。仕事を持っているのだろうか。セックスはいいのだろうか。考えない方が幸せなことを、みさきは敢えてひとつずつ数えあげ、考えていった。

考えれば考えるほど、自信が失《う》せていく。なぜか、みさきの考える女はすべてが自分と正反対のタイプであった。

かつて、みさきはヴァージンで謙次と結ばれ、ありとあらゆることを謙次に仕込まれた。

「みさきはこんなに可愛い顔をして、こんなにエッチな体なんだから」

謙次は好きなようにみさきを扱いながら、幾度となく言った。それはひとつの最大級のほめ言葉として、今もみさきは覚えている。

しかし、セックスがなくなった今、その女に対して何を武器にして戦えばいいのか。みさきは暗澹《あんたん》たる気持になった。

何もかもぶちまけて、謙次と話しあいたい衝動にかられる。なぜセックスしてくれないのかということも、女がいるのかということも、みさき自身にどうして欲しいのかということも、問いただしたい。だが、そんなことをしても無駄だということもよくわかっていた。おそらく、謙次は答えるだろう。

「疲れちゃって、セックスどころじゃないんだ。女なんかいるわけないだろ。この忙しい中でどうやって知りあうの」

そして、みさきの肩をちょっと抱き寄せて言うのだ。

「ごめんな。そんなこと考えさせて」

ここまで見えているのに、今さら何も言いたくはなかった。言えば言うだけ、騒げば騒ぐだけ自分がみじめになる。こういう時は、りこうな女ぶって、何も言わないに限る。みさきは自分に言いきかせた。どうせ、女は若くて、謙次は体目当てに決まっている。みさきは、体だけの女なら怖くはなかった。体に飽きれば、終わるだけの話だ。

そうつぶやいた時、みさきはかすかな寒気に襲われた。何だか、自分自身がダブって思えた。

ベランダにさす弱い陽ざしが、毛布を抱えて立つみさきに影を作っていった。

その日の夕刻、謙次のオフィスに突然、祥子が現われた。

祥子はシルクのこげ茶色のタートルネックセーターに、レモンイエローのパンツスーツを着て、ジャケットの胸ポケットにはこげ茶のスカーフを無造作に突っこんでいた。

それはやせた祥子によく似合い、シニョンにまとめた髪が少し乱れて、色香さえ匂っていた。長身の祥子が入ってくるや、女子社員たちが思わず仕事の手を止めたほどである。

謙次は年がいもなく、胸が高鳴った。祥子は謙次に笑いかけると、まっすぐ益田の席に向かった。

「どうもご無沙汰しております」

「どうも、どうも。どうしました、突然」

益田が勧めた椅子に腰をおろすと、祥子は早口で言った。

「イルミネーションなんですが、一部手直しさせていただけますでしょうか。全然、大仕事ではありませんので、すぐに終わりますが」

「そうですか。ちょっと、大倉君」

益田が謙次を呼んだ。謙次は足がもつれそうだった。祥子ごときの、どこにのぼせているのかと自分をたしなめるのだが、足が勝手にもつれてくる。

祥子は益田と謙次を前に、一部手直しをすることでもっと良くなることと、これは祥子の趣味でやることなので無料であることを説明した。

益田は祥子の誠意にさかんに賛辞を贈っていたが、謙次は息がつまりそうだった。祥子が体を動かすたびに、あの夜に嗅いだ香水が匂う。わずかな匂いであったが、あの夜にかわした二度のキスがよみがえってくる。

たかが挨拶程度の、まるで幼稚園児のようなキスに、何をドギマギしているのかと自分を叱るのだが、冷たい唇の感触までが意志とは関係なくよみがえる。謙次は祥子の説明などほとんど聞いてはいなかった。

その夜、謙次は益田と少し飲んだ。益田は祥子の仕事ぶりや、容姿にも好感を持っているらしく、酒の肴はほとんどが祥子の話題であった。

「何というか、宝塚の男役みたいな女だよな。変な色気があると思わないか」

祥子の話はやめて欲しいと謙次は思った。益田がほめればほめるほど、自分の気持が傾いていきそうで怖かった。益田はおかまいなしに話し続けた。

「あの色気は結婚してるから出るんだよ。亭主とやることをやってるんだ」

「そうですか。僕はあまり色気は感じませんけど」

「イヤァ、あるよ、色気。ああいう女に限って、アチラの方もすごかったりするんだ。ま、一回はやってみたいね、俺も」

益田とは銀座で別れ、謙次は新橋駅まで一人で歩いた。有楽町駅の方がずっと近かったが、少し夜風に吹かれたかった。益田のように、祥子に色気は感じないし、抱きたいとも思わない。ただ、確かに宝塚の男役のような容姿や、知性に憧れてしまったことは認めざるをえなかった。

自宅に帰る前のワンクッションとして、謙次は師走に近い冷気の中を歩きたかった。「憧れ」だの「ときめき」だのと、このところ縁のなかった思いの渦にいると、「日常」という場所にまっすぐに帰れない。夜風に吹かれることが、日常に戻るための助走になりそうな気がした。

十一月の夜風は冷たく、謙次は冷えきった体で地下鉄銀座線の新橋駅に着いた。ホームに降りると間もなく、渋谷行の電車がすべりこんできた。すでに時計は十一時に近かったが、車内はかなり混んでいる。早々と忘年会でもやる人たちが多いのだろうか。

車内に入るや、汗ばむほどの暖房と人いきれが謙次にまとわりついた。その時、謙次は突然思った。

祥子を抱きたい。

車内は乗客の体臭や、埃くささや、汗の匂いなどが暖房によってますます強くなっている。冷気の中を歩いてきたせいなのか、そのむせかえるような匂いは、妙にエロティックであった。

謙次はレモンイエローのジャケットを着せたまま、パンタロンだけを脱がせてやりたいと思った。それをむせかえるような匂いの中で夢想しただけで、膝が崩れそうだった。懸命に吊り革につかまりながら、謙次は、

「もったいないッ」

と自分を叱った。祥子への夢想で果てるのはもったいない。今夜なら、この気持を抱いて、何とかみさきとセックスできるかもしれない。謙次は駅から自宅まではタクシーで帰ろうと思った。冷気にあたって歩いては、またみさきを抱けなくなりそうだった。

その夜、十一月としては珍しく、東京には初雪が降った。

みさきは寝室の窓辺に立ち、声を弾ませた。

「見てよ、雪よ。積もるかしら」

水銀灯の明かりに、かすかな雪が舞ってくる。みさきはベッドに入りながら、謙次に笑いかけた。

「亜矢子が雪だるまを作るほどは、ちょっと無理ね」

その時、突然、謙次が手を伸ばしてきた。みさきは胸に抱えこまれながら、とまどった。セックスがなければないであれほど悩んだのに、こうした突然の行為は、もっと不安なことであった。きっと女と会って帰宅が遅くなったに違いない。謝罪のために手を出してきたのだ。

しかし、それでも抱かれる方がよかった。何よりも肌を触れあう安心感がいい。それに、謝罪の気持があるうちは救われる。そして、なじんだ妻の体の方がいいとわかれば、夫というものは必ず戻ってくる。今夜は思いきり挑発してやろうと、みさきは脚をからめた。

謙次はからんでくる脚に手を這わせながら、パンタロンを剝ぎとられた祥子の姿を、懸命に想像した。せっかく気持が高まっている今夜を逃すわけにはいかない。義務を果たすのだ。今夜、義務を果たせば、しばらくはこの拷問から自由になれる。謙次は祥子の姿が消えないうちに、何とかやっつけ仕事をしてしまおうと、必死になった。

ところが、突然、謙次の体が萎えた。「しまった」と焦り、懸命に祥子の姿を思い浮かべた。が、焦れば焦るほど、体は萎えていく。思いをエスカレートさせ、レモンイエローのジャケットを着たまま、下半身をむき出しにされた祥子を想像する。

だめであった。

謙次の全身から力が脱けた。みさきから体をはなし、ベッドにあおむけになった。言葉もなかった。ただ、みさきに申し訳ないと思うよりは、千載一遇のチャンスを無駄にしたくやしさの方がずっと大きかった。

「気にしないで。疲れてるのよ、あなた」

みさきは毛布で体をおおいながら、優しく慰めた。謙次は腹が立ってきた。こんな時に、こんな慰め方をされるのが、男を一番みじめにするということがわからないのかと思った。あの祥子なら何と言うのか想像もつかないが、こんな慰め方はするまい。

「ね、疲れてなければできるのよ。次は絶対に大丈夫。私、信じてるもん」

みさきの言葉はいちいちカンにさわる。謙次は心の中で「次なんか永久にやりたかねェだよッ。だからもったいないって思ってんだろッ」と叫んだ。そして、一言も返さず、毛布をかぶって背を向けた。

みさきはその背を見ながら、確信がさらに強くなっていた。今夜は女を抱いてきたのだ。女を抱いた夜に、謝罪の意味で妻をも抱くという話はよく聞く。女とよほど激しいセックスだったのだろう。体力がもたなかったのだ。その一方で、自分の体はやはり、夫を欲情させるほどの魅力がないのだとも思った。まだ三十四歳の男なら、魅力を感じれば途中で萎えることはあるまい。

そう思うと、みさきにはどうしていいのか、わからなかった。ただ、この長いセックスレスは女の存在と切り離しては考えられなかった。もしかしたら、女とは結婚半年後くらいから関係があったのかもしれない。それは、ちょうどセックスレスの始まった時期に重なる。

窓の外では、雪が激しくなっている。こんな夜はただ抱いて眠ってくれるだけでも嬉しいのに……と、みさきは雪を見ていた。

多摩川をはさんだ東京でも、雪は激しくなっていた。祥子は芳彦に抱かれながら、身をそり返らせて窓辺に目をやった。半開きのカーテンから、降り積む雪が見える。

芳彦が手を伸ばしてきた時、祥子は婉曲に断った。

「明日、ゴルフで早いんじゃないの」

だが、その後の言葉はディープキスで封じられた。結婚生活というのは「日常」であり、「日常」はロマンチックからほど遠いからこそ、平和に成立する。共に平和を勝ちとり、わかちあっている夫婦には同士愛が芽生えて当然であろう。同士になった者たちは、ディープキスだのセックスだのということからだんだんと離れていって不思議はない。それは困ったことでもなく、現代病でもなく、夫婦にとっては当然の過程であり、歴史なのだ。祥子はそう思いながら、致し方なく舌をからませた。

明日は早朝からゴルフだというのに、芳彦はまったく手抜きをしない。いつもの手順でねっとりと攻めてくる。このセックス好きと律儀さはどうにかならないものかと、祥子は腹が立ってきた。

今夜はイルミネーションの手直しを考えたいし、とにかく早く終わらせようと、祥子は十分もたたぬうちに果てる演技を始めた。ところが芳彦は、それを「もっと」と受け取ったのか、いつにも増して濃厚にからんでくる。

祥子はツボを押さえて、適宜、声をあげながら、「こんなことをしている時間があれば、手直しのラフスケッチが五枚は描けたわ」と思っていた。こんなセックスに、感じるわけがない。せめて、恥ずかしい姿態を「恥ずかしい」と思えるなら、その羞恥心に対して感じるだろう。しかし、今や何をされようと恥ずかしくもなかった。早く終わってくれるなら、何だってするくらいの気持であった。

祥子にとってはまさしく「おつとめ」でしかなかったが、他人同士が寄り添って生きていくのが「夫婦」である以上、相手の嗜好に寄り添うことも、義務のひとつであると祥子は解釈していた。

祥子は組み敷かれたまま、首を窓辺に向けた。このまま雪が降り積もれば、イルミネーションはもっとロマンチックに見えるだろう。そんなことを思いながら、舞い落ちる雪を見ていた。

ところが、翌日の土曜日はよく晴れあがっていた。雪はほとんど残っておらず、芳彦は喜々としてゴルフ場へと出かけて行った。

遠く富士を眺めながらのゴルフ日和であったが、この日、芳彦は午前中に53を叩いた。いつもは40台の前半で回り、どんなに崩れても50台を叩くことはめったになかっただけに、53というスコアには少なからずくさっていた。

クラブハウスでランチをとりながら、芳彦は照れかくしのように舌打ちした。

「まったく、昨日カミさんと頑張りすぎたせいだよなァ」

ビールジョッキを傾けていた今井《いまい》が、びっくりして聞いた。

「武田、お前……やってんのか。カミさんと」

「当たり前だろう。十日に一回、たっぷりやってるよ」

芳彦は当然の如く言い、再びスコアカードに目を落とした。

「三ホールめまではよかったんだよなァ。四ホールでOBが二つ続いたのが、流れを変えたよな……」

芳彦の言葉を遮り、中山《なかやま》と桑田《くわた》が聞いた。

「お前、十日に一回って……ホントか」

「たっぷりって……時間かけるのか」

芳彦はスコアカードをしまい、ビールを干した。

「十日に一回、一時間以上かけてちゃんとやってますよ」

今井ら三人は、身をのり出してきた。

「よくカミさんとできるな、お前。俺、全然ダメ。一年もやってない」

「俺も一年はカンペキに触ってない。女房がイライラしてるのわかるから、困っちゃってサ」

「俺は死ぬ気で、三か月に一回はやってる。やってやると、女房のご機嫌がまるで違うんだもんな。ま、時間は十分もかけないけど」

芳彦は内心、「こいつらもセックスレスか」と思った。こんな話は学生時代の仲間としかできないが、誰と話しても大抵が妻とはセックスレスであると言う。その期間は三年以上という者もいれば、一か月という者もいたが、いずれにせよ、かける時間は十分程度という者ばかりであった。

今井が突然、ニヤリと笑った。

「武田、お前、女がいるんだろ。女とやった日はカミさんにもサービスする」

「俺もそう思ってたとこだ。しかし、三十七にもなって、女房にまでサービスとは、お前は性豪だな」

芳彦はふと真顔になった。

「義務だと思ってるからな」

今井が苦笑した。

「義務で一時間以上もできるか。それもカミさんなんかと」

桑田が声をひそめた。

「俺、女いるんだ、実は」

桑田は妻とはできないが、女とならばいくらでもできるという。今井がそれに影響されたのか、言った。

「俺も実は、女と別れたばかりでサ。女とは二年くらい続いたけど、要は飽きたんだ。カミさんとできないわけが俺には理解できたね。結局、飽きるんだ。長くなりゃ誰とでも」

「そういうことだな。だけど、カミサンの場合は飽きたからって別れる気はないしサ。何ていうか、今さらメンドくさいしな。離婚も」

「お前、それを言うなら、家族の情ってヤツが生まれてるって言えよ」

「それだよ。家族ってヤツは肉親なんだから、やれるわけないんだよ。そんなもん、近親相姦の趣味がなきゃやれないよ」

「とにかく、武田は立派な人間だよ。選挙に行き、納税をし、妻とセックスし。すべての義務を果たすんだからたいしたもんだ」

最後はジョークにまぎらし、三人は午後のラウンドに備えるべく、洗面所へと立って行った。

芳彦はクラブハウスの窓から見える富士を眺めながら、妙に沈んだ気持でいた。女も作らず、妻と時間をかけてセックスする自分が、小さくまとまった家庭的な小市民のような気がした。

ペットクリニックにやってくる女たちの中にも、芳彦に好意を見せる者がいた。ただ、そんな女たちに手を出して、一時の遊びで家庭をこわしたり、祥子ともめたりする方がずっと面倒だった。祥子はセックスが好きなのだし、毎回達しているのは十分にわかっている。どっちみち、誰とやっても飽きるのならば、外に女を作ることに何の意味もあるまい。十日に一度の夜を心待ちにして、どんなことでもする妻を悦ばせてやる方が、夫としてはずっと上だろう。

何も「火宅の人」だけが、男のロマンではないのだ。

しかし、「立派な人間」という一言が、心に影を落としていた。本来はほめ言葉であるはずなのに、「立派な人間」と言われた時に喜べないのはなぜだろう。「動物的な男」と言われた方が、ずっと心躍る。

獣医の芳彦には、わかっていた。「動物的」という言葉には、本能に逆らわない図太さ、大きさが感じられる。それは男にとってみれば、セクシーなほめ言葉である。しかし、「立派な人間」という言葉には、本能をおさえこんで、バランスを取りながら周囲に気を遣っているような、そんな匂いがあった。

祥子に夫としての義務を果たし、己れの悦びよりも相手を悦ばせることを考える自分は、確かに「立派な人間」だと思った。

窓辺の富士に向かって、芳彦は自嘲した。

午後のスコアは58を叩いた。

その頃、謙次は亜矢子の手を引き、電車に乗っていた。土曜日の車内は家族づれで混みあっている。

どこに行くというあてはなかったが、渋谷にでも出て、亜矢子にアニメーション映画を見せようかと考えていた。

昨夜、途中で体が萎えてしまったことは、謙次に大きな衝撃を与えていた。祥子に対する想いがあることは事実だが、それはみさきへの愛情とは比較にならない。夫婦というものは、愛情から情愛に昇華しているほどなのだ。確かに昨夜は背を向けて、ふて寝をした。心の中で、みさきに悪態もついた。だがそれは、みさきを嫌っているのではなく、体が反応しなかったということに対し、自分でもどうしていいかわからなかったからだ。

朝食の席でも、みさきの顔をまともに見ることができず、体も心もその気になっている彼女に大恥をかかせてしまったという情けなさもあった。とはいえ、謝るのはもっとみじめになるし、昨夜のことを朝から思い出すことになる。内心では夫婦とも、そのことばかりを思い出しているのだから、もうたくさんだった。

みさきは何かと話しかけてきたが、哀れまれているような気がして、謙次はろくに返事もしなかった。そして、昼過ぎには亜矢子の手を引いて、家を出てしまったのである。

渋谷駅前に出ると、晩秋の陽が燦々《さんさん》と降り注いでいた。のどが渇いたという亜矢子と、公園通りのパーラーに入り、謙次は窓ごしの陽に目を細めた。新婚当初の休日、こんな陽ざしの中で、みさきをキッチンのテーブルの上に押し倒したこともあったと思った。

何もかもが、遠い日のことのように、実感がなかった。

あの頃はまだいなかった亜矢子は、ふっくらした唇にストローをくわえ、のどを鳴らしてオレンジジュースを飲んでいる。

可愛かった。謙次はこの子だけは無条件に可愛かった。亜矢子を傷つける者がいたら、どんな卑怯な手口を使っても復讐するだろう。

その時、突然、みさきの両親の顔が浮かんだ。

両親はきっと、みさきをそんな思いで育てたのだろうと気づいた。みさきを不幸にする者がいたら許さないと、父親は今の自分と同じことを思っていたはずだ。それは、体が萎えたことと同じくらいの衝撃であった。

最後の一滴までをストローで吸いあげた亜矢子に、謙次は自分のジュースを差し出した。

「いらない。ママに怒られるもん。お腹こわすって」

「いいよ。ママには内緒だ」

謙次がいたずらっぽく、人さし指を自分の唇にあてると、亜矢子も嬉しそうに人さし指を小さな唇にあてた。

　亜矢子が結婚して、セックスレスの不幸を味わい、みさきのように苦しんだら、父親としての謙次は「家に戻ってこい」と言いそうな気がした。みさきのような思いを、亜矢子には絶対にさせたくなかった。

　再びみさきの父親の顔が浮かんだ。今夜は何としても抱こうと決心した。どんな手段を使っても構うものかと思った。

「亜矢子、パパは急に買物を思い出しちゃった。映画の前にちょっとだけ、パパのお買物につきあってね」

　謙次はふっくらした、その頬をつついて言った。

第四章

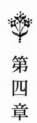

その夜、みさきの体からは祥子の匂いがたちのぼった。それは重なっている謙次の体にもうつり、二人の汗がますますその匂いを濃厚にしていく。

あの昼下がり、謙次が亜矢子を連れて入ったのは、ホテルの化粧品店であった。以前から会合でよく使うそのホテルには、インポートの化粧品ばかりを並べている小さな店があることを覚えていた。

祥子と同じ香水をみさきにつけさせれば、何とか抱けそうな気がする。どんな手を使っても今夜こそ、と思ったのは、何もみさきへの義務感ばかりではなかった。昨夜、途中でいうことをきかなくなった体を、もう一度だけ確かめてみたかった。相手が妻でなくとも、自分は不能なのではないかという恐怖が、ずっと頭を離れなかったのだ。

体は正直である。妻とのセックスを、ここまで嫌っているという事実も怖かったが、間違いなく、「不能」ということの方を恐れていた。妻を避けたがる自分よりも、不能である自分の方が、ずっと怖かった。

　みさきを道具として使っても、自分が可能であることを証明したい。本当に抱きたいのは祥子であるだけに、祥子の匂いがすれば必ずできると思いたかった。証明するだけならば、風俗の店に行って試すこともできたが、どうせならみさきにツケを払っておきたい。うまくいけば、健常であるという証明に加えて、また当分は何とかセックスレスでいられる。こんな一石二鳥のチャンスを逃したくはなかった。

　しかし、ホテルの化粧品店で、謙次は困り果てた。祥子の香水名がわからない上、店員が次々に出してくる匂いを嗅ぎ続けるうちに、どれもこれも区別がつかなくなってきた。謙次は嗅覚を休ませるために一度外に出て、亜矢子とホテル内を一周した。それから再び、店に入った。それでも、やっぱりわからない。

「パパ、アニメ、早く見たい」

　亜矢子にせがまれ、とりあえず、アニメーション映画を見た。そして、終了後、またその店に入った。

今度はわかった。店員がひとつめの香水びんを開けるや、

「これですッ」

と謙次は叫んだ。それは「ビザーンス」という香水で、ブルーのボトルの首に、ばら色のリボンが結ばれていた。

甘く濃厚な香りといい、ばら色のリボンといい、あの祥子にはひどくミスマッチであった。これを好む祥子は、裸にするとかなり女めいているのかもしれない。パンツスーツで宝塚スターのように動く姿とのギャップが、ひどく謙次をそそる。

「これはね、ママへのお土産だ。一人でお留守番で可哀想だからね」

謙次がとってつけたように言うと、亜矢子は突然、ビニールのカバンから財布を取り出した。

「それなら、亜矢子もお金出す。パパと亜矢子のお土産」

「いいの。亜矢子はいいんだってば」

あわてる謙次をよそに、亜矢子はピンクのチューリップ型の財布から、百二十八円を取

り出し、謙次に渡した。

「亜矢子、紙のお金もあるけど、それを出すと貧乏になっちゃうから」

「だから、玉のお金もしまっておきなさい。パパが買って、二人からのお土産だって言おう。ね」

邪心のある香水に、無邪気な幼い娘の金が支払われるのは困る。断じて困る。だが、亜矢子は百二十八円を女店員に渡した。

「はい。亜矢子の分です」

女店員は亜矢子に笑いかけ、言った。

「そうよね。パパだけ出したんじゃ、亜矢子ちゃん、嘘つきになるもんね」

亜矢子は満足気にうなずき、美しく包装された小箱を胸に抱いたのだった。


ベッドでみさきにおおいかぶさりながら、謙次は奇妙な刺激を覚えていた。みさきの豊満すぎるほどの体は、いくら香水が匂い立とうと祥子ではない。が、ふと、祥子だ、と思える瞬間がある。それはほんの一瞬だが確かにあって、またすぐに戻る。そして、また一瞬があり、また戻る。それは不思議な錯乱であった。その中で、目をつぶって祥子の匂いに酔い、ふと亜矢子の百二十八円がよみがえる。貝殻のような爪がつまんだ硬貨を思い出す。幼い娘の情愛を汚している自分にも、妙な刺激があった。

体が途中で萎えることはなかった。昔のようにとはいかないまでも、ここ二、三年の間では最も激しい時間であった。

胸に汗をかき、まだ大きく息をしているみさきの頰にちょっと触れると、謙次はベッドルームを出た。

シャワーを浴びる。熱い飛沫《しぶき》を顔にかけながら、謙次は苦笑した。今は不能でなかったことを喜ぶよりも、これで半年分は前払いしたということの方を喜んでいた。

寝室では、みさきが汗ばんだ体にガウンを羽織り、ベッドに腰かけていた。どこか虚《うつ》ろな目で、鏡台に置かれた香水を見ている。今夜は大きな月が出ており、その周囲は深い群青色の空であった。それは香水びんの青とよく似ていた。

一年ぶりに謙次と激しい時間を過ごし、身も心も満たされているはずなのに、何かひっかかるものがある。

香水を亜矢子の手からプレゼントされた時、みさきは大喜びした。

「すごーい。ママ、すぐつけるわね。亜矢子に一番最初に匂いを嗅がせてあげるね」

謙次は少し困った笑いを浮かべ、亜矢子に言ってきかせた。

「香水ってね、お陽さまによく似合う匂いと、お月さまに似合う匂いがあるんだよ。ママにあげた香水は、お月さま用だ。だから今はつけちゃいけないいんだよ」

亜矢子が残念そうな顔をすると、

「亜矢子が高校生になったら、パパとママがお陽さまに似合う香水を買ってあげるからね」

謙次はみさきに笑いかけ、亜矢子を膝の上にのせた。一人娘がいとおしくてならぬという表情であった。幼い子供に、こんなにわかりやすく、それも一生懸命に教えるのはそばで聞いていても心あたたまる。高校生の娘に両親が香水をプレゼントすることを夢見ている以上、離婚の意志はないということもわかった。

外にいるであろう女は、やはり体だけの遊び相手なのだ。そう思うと、みさきは逆に心だけでつながっている自分たちの方が、ずっと揺るぎない関係であるように感じた。

夜になってベッドに入る時、謙次は言った。

「あの香水、つけろよ」

みさきは笑って断った。

「もったいないわよ、寝るだけなのに」

「いいから、つけろって」

「イ・ヤ。もったいないもん。いつか、すてきなレストランのディナーに連れてって。その時につける」

しかし、謙次はいつになく執拗に、香水をつけろと言い続けた。その時、みさきはふと思ったのである。

寝るだけだからもったいないという考え方は間違っている。誰よりも夫のために美しくあるべきなのだ。妻たちの多くは、「見せる人もいないのにもったいない」と言い、自宅では化粧もせず、ヨレヨレのトレーナーにジーンズである。考えてみれば、「見せる人」の第一番は夫であり、夫の前でこそ装いを美しくすべきなのだ。みさきはそう気づき、香水びんを開けた。

ベッドに入るや、謙次は手を伸ばしてきた。みさきは香水だけをまとった姿にされ、充ち足りた気持で謙次を受け入れた。

しかし、その行為は今までとはあまりにも違いすぎた。年に一度か二度、義務のように十分間ほどですませるのが通常であったのに、今夜の謙次は違った。

体を重ねながら、みさきの心も体も急速に冷え始めた。それに反して、汗ばんだ体から匂い立つ香水は、濃厚に蒸れていく。

みさきは初めて思い当たった。謙次はこの香水をつけている女と、いつも寝ているのではあるまいか。この香水をつけていれば、何とか妻をも抱けると考えたのではないか。おそらく、寝る直前につけさせたのは、みさきの匂いとして鼻がなじむのを恐れたに違いない。

それは、みさきのプライドをこなごなにした。謙次が抱いているのはみさきではなく、愛人の女。義務を果たすためにだけ、みさきを抱いているにすぎないのだ。

しかし、それでも演技をし続けた。何ひとつ感じることのないセックスであったが、謙次をはね飛ばして、問いつめる気にはなれない。声をもらし、爪を立てながら、頭はまるで別のことを考えていた。

「問いつめたらおしまいよ……。謙次は女のところに行ってしまう……。いろんなことはあとでゆっくり考えればいい……」

みさきはこの時ほど、謙次を愛している自分を確認したことはない。謙次にいなくなられたら、経済的な意味ではなく自分は生きていけないかもしれないと思った。謙次と亜矢子がいて初めて、自分が生きていける。体だけの女なんか、いてもいい。とにかく、ずっと二人で並んで年齢《とし》をとっていきたい。愛している。別れたくない。愛している。

そう思うと、重なっている謙次が大切で、何ひとつ感じていないというのに、みさきはますます激しく、ベッドの上をうねってみせた。

シャワーを浴びているはずの謙次は、ぬるい湯にでもつかっているのか、なかなか戻って来なかった。ベッドに腰かけていたみさきは、寝室の窓を開け放った。晩秋の冷気が流れこみ、体の汗が引いた。みさきは、室内の香りを外に逃がそうと、ドアも開けた。もう一瞬たりとも、この匂いは嗅ぎたくなかった。

「ん、寒いな」

風呂を終えて入ってきた謙次に、みさきは恥じらったように言った。

「あなた、すごかったから。シャワー浴びてくるね」

シャワーを全開にし、皮がむけるほど体をこすって匂いを落としていると、みさきは初めて涙がこぼれてきた。

翌朝、謙次を送り出した後で、昨夜は考えすぎたのではないかと、みさきは思った。あまりに長い期間、セックスがなかったために、女のことも香水のことも、すべてそこに結びつけて考えてしまったのではないだろうか。レースのカーテン越しに入ってくる陽ざしの中で、みさきは取りこし苦労だったように思えてきた。

その時、幼稚園の制服に着かえた亜矢子が、足を引きずりながら入ってきた。

「ママ、足が痛い」

見ると、かかとがひどい靴ずれで、水疱《すいほう》ができている。昨日はここまでひどくなかったのだが、今朝は赤くはれていた。みさきは手当てをしながら言った。

「パパと二人だからって、喜んで新しい靴なんかはいていくからよ」

亜矢子は口をとがらせ、抗議した。

「だってパパ、香水のお店に三回も入ったんだもん。そのたびに亜矢子、ずっと歩いて、それでいっぱい選んで、パパ、匂いが思い出せないって言って、亜矢子、ずっと立って待ってたんだからね」

みさきが聞きとがめた。

「匂いが思い出せないって言ったの？　パパ」

「そうだよ。お店のお姉さんに名前もわからないって言って、笑われたよ」

取りこし苦労ではなかった。謙次はやはり、女と同じ香水をつけさせ、何とかして妻にサービスしようとしたのだ。

亜矢子を幼稚園の送迎バスに乗せた後、みさきは考え続けた。

どんな女なのかも一切わからない。いつから愛人関係にあるのかもまったくわからない。ただ、あの香水をつけ、謙次とふんだんにセックスしているということだけは間違いない。OLであれ水商売であれ、女はきっと二十代前半の若さだろう。メリハリのきいたボディにまっすぐな脚を持ち、シャンプーのコマーシャルに出てくるような長い髪をしているに違いない。きっと話も面白くて、甘え上手で、おしゃれで、セックスもうまいのだ。今時の女の子なんて、そうに決まっている。みさきは吐息をもらした。

そんな女なら、自分に勝ちめはない。勝ちめのない勝負には出ない方がいい。それが大人の選択というものである。

みさきは「りこうな妻」になることに決めた。女の名前やら居所などを探すこともせず、思い煩うこともせず、家族の暮しをより楽しく保つのが一番りこうである。

相手はしょせん、体だけの女であり、退屈な日々における刺激にしかすぎない。どんなに謙次とべったりと会っていようと、妻にかなうわけはない。現に、遊び終えた謙次は、毎晩必ず自分の待つ家に帰宅しているではないか。世の夫にとって、「女」などは消耗品なのだ。そう思うと、みさきは少し楽になった。

祥子はパリに来ていた。

パリで照明の研究会があり、その後、結城の代理で幾人かの建築家と会うことになっていた。たった一人で、約二週間のパリ滞在というのは、心弾むことであった。

留学生活を送ってから後も、仕事がらみでたびたびパリには来ていたが、晩秋のパリは六年ぶりである。

祥子は地下鉄のリュ・ドゥ・バック駅近くに、小さなホテルをとった。「オテル・ドゥ・サンシモン」というそれは、十八世紀の建物といわれ、小さな中庭を持っている。いかにもパリらしいプチホテルであり、七区の静かな場所にひっそりと建っている。アンヴァリッドやロダン美術館にも近く、セーヌの河辺まではいい散歩コースでもあった。祥子は留学生時代、この近くにアパルトマンを借りていたのだが、日本と違って急速な変化を好まないパリの街は、あの頃と同じと言ってもよかった。

二週間をパリで過ごすとなれば、芳彦とのセックスは一回だけはずせる。日本にいれば、ちょうど今夜あたりである。演技をしなくてもいい夜が、これほどまでに解放的な気持にしてくれるとは思ってもみずにいた。

ホテルの花柄のダブルベッドに座り、冷えたワインを飲みながら本を読む。読み終えたらゆっくりと湯につかろう。そして朝は遅くまで寝て、近くのカフェで街を眺めながらブランチをとろう。

芳彦には一日おきに電話を入れていたが、淋しくもなければ恋しくもなかった。そんな自分に、祥子は少し怖いものを感じるほどであった。それでも街に出れば、まっ先に芳彦へのお土産を選ぶ。ネクタイやらシャツやらで、すでにトランクはふくらんでいる。セックスがなくても、夫婦は愛しあっていけるということを、芳彦はどうしてわからないのだろうか。

窓の向こうに見えるアパルトマンの灯が消え始めた頃、祥子は本を閉じた。大きく体を伸ばし、ベッドに大の字になる。壁の古時計は一時を示していた。祥子はグラスの底に残っていたワインを一口に飲み干し、バスルームへ行った。

ローズの香りのバスジェルをあわ立て、白いあわの中に体を沈める。胸や腰にあわを這わせながら、思った。普通なら今頃はこの胸や腰を弓なりにさせて、芳彦に合わせているだろう。途中で飽きていることなど微塵も匂わせずに、完璧な演技をしている時間である。セックスを我慢できない芳彦は。もしかしたらどこかの女と寝ているかもしれないと、ふと思った。不思議なことに何のジェラシーも感じなかった。

ワインを四分の三近くあけた体は、ローズピンクの湯の中で芯から熱くなっていった。その時、祥子は芳彦以外の男とならば、今、セックスしたいと思っている自分に気づいた。具体的に相手の顔が思い浮かびもしないのに、ワインと湯で熱くなった体は、勝手にセックスを欲している。自分にこんな気持が残っていたことに、祥子は驚いた。

と同時に、芳彦とのセックスが改めて形骸にすぎないことも思い知らされていた。今、自分の体が勝手に欲しているように、本来、セックスというものはそういう状態のもとで満たしあうべきであろう。

そう思った時に、「夫婦」という関係においては、セックスなどできるはずがないと気づいた。法的にも社会的にも守られている関係であり、現にジェラシーすら感じていない。そんな相手に満たされるはずがあるまい。

夫婦というものは共闘する「同士」であり、そこにエロスが介在するわけがないのである。欲情は男も女も、反社会的な何かがないとありえないのかもしれない。現実に、祥子の体は今、芳彦以外の男を渇望している。

祥子はバスタブから出ると、勢いよくシャワーの栓をひねった。

その頃、東京の自宅では、芳彦が朝のコーヒーをわかしていた。

時計は九時を少し回っていたが、たった今、起きたところであった。日曜日のせいか、近くの公園から子供たちの声が聞こえてくる。遅めに起きてゆっくりと新聞を読み、コーヒーが落ちるのを待つのは悪くない時間であった。

昨日の土曜日に、祥子を抱かずにすんだせいか、体の疲れがまるで違う。祥子の体にときめいていた頃は、セックスの疲れが残ることさえここちよかったが、今はたっぷり眠れた朝の方がずっといい。

セックスなしでは生きられぬ祥子は、もしかしたら今頃、パリの男に抱かれているかもしれない。留学生時代、フランス人の恋人がいたことは聞いているし、再会したとて不思議はない。そう考えても、芳彦はまったくジェラシーを感じなかった。むしろ、「僕にかわってよろしくお願いします」という気分であった。

しょせん、夫婦という関係にセックスはありえないものかもしれないと思った。祥子がどんなにセックス好きでも、数段格上の妻でなかったら芳彦は十日に一度抱くことはありえないとわかっている。数段格上の妻を悦ばせ、征服感を味わうことが、最も大きな動機であることに間違いはなかった。

寒さは日に日につのり、町には早くも師走のあわただしさが漂い始めている。

あわただしさの中、みさきは淡々と年末の片づけなどを始めていた。謙次に「香水の女」がいることを確信してから幾日かがたったが、一言も口にしなかった。徹底して気づかぬふりをして、「りこうな女」を守り通した。

むしろ、言葉も態度も優しくなっていた。そして、何よりも化粧や服装に気を遣うようになった。常に謙次の目を意識し、いい女、いい妻でいることを心がけるしか救われる道はないと思っていた。

「お前、この頃変わったな。何かあったの?」

謙次に何度か聞かれたが、そのたびに、

「イヤだ、いつもと同じよ」

と答え、笑ってみせた。妻が美しく、優しく変わる分には夫とて文句はない。謙次は深く追及することもなかった。

そんなある夜、謙次が亜矢子を風呂に入れている時であった。亜矢子は小さなかかとを示して言った。

「見て、パパ。水ぶくれが治ったよ」

「何だ、水ぶくれって」

「だから、香水を買うのに三回もお店に入ったから。ママに言ったの。匂いを忘れちゃってパパ、お店で笑われたよって」

「そうか……」と思った。みさきはあの香水の裏を、かなり明確に気づいているのだ。おそらく、肉体関係のある女だと勘ぐっているだろう。それで、このところ妙に優しく、きれいに身づくろいをしているのだということも、やっと納得がいった。

湯舟の中で謙次に抱かれている亜矢子の肌は薄く、細い骨が浮いている。桃のようにピンク色の体が、すべすべと謙次の腕の中で動く。この幼い娘を責めるわけにはいかなかった。謙次はみさきに弁解する気はなかった。祥子とは肉体関係どころか、ずっと会っていない。

謙次と亜矢子がリビングに入ってくると、みさきはあわてて涙をこすり、笑った。

「どう？　いいお風呂だった？」

亜矢子はつぶやいた。

「ママ、泣いてる……」

「今ね、悲しいドラマを見てたの。あなた、ビール飲むでしょ？　待っててね」

みさきは小走りにキッチンへと入って行った。

「パパ、テレビなんかついてないよ」

謙次はあいまいにうなずきながら、うんざりしていた。こういう形の責められ方を、男は一番嫌う。ののしり、怒鳴りちらして女のことを追及される方がずっといい。

「ハーイ、ビールとおつまみをどうぞ。亜矢子はジュース、ちょっとだけね」

みさきの声は、うわずって聞こえるほど明るい。つまみの皿を見て、謙次は絶句した。チーズを海苔で巻いたものや、ちくわの穴の中にキュウリを詰めたものや、手作りのつまみが何種類も少しずつ並べられていた。

「私も一杯いただこうかな」

明らかに泣いていたとわかる目で、みさきは陽気な声をあげた。謙次は心底うんざりした。優しい態度をとり、何も気づかないふりをするのが、大人の選択だと思う女が多すぎる。そんなものは「半端にりこう」と言うのだ。「小りこう」と言うのだ。半端にりこうな女ほどバカはいないと、謙次は思った。

謙次は問われれば香水のことは謝るつもりでいたし、多少の憧れを持つ女はいるが何の関係もないことも話すつもりでいた。みさきとセックスできないのは、何も他に女がいるせいではないということも、腹を割って話す気でいた。

しかし、涙と陽気な声と、手をかけたつまみを見た時、何も言う気はなくなっていた。謙次は不機嫌にビールを飲んだ。

三日後あたりから、謙次は家に帰るのが嫌になってきた。みさきが化粧をして、手のこんだ料理と冷えたビールを用意し、息をつめて帰宅を待っているのかと思うと、それだけで気が滅入ってくる。香水の日以来ずっと、みさきはそんなふうであった。

会社近くのスナックで時間をつぶし、深夜に帰宅する日が続いた。それでもみさきは化粧を落とさない顔で迎える。

「お茶漬けの用意、できてるわよ」

すでにお盆にセットしてあったお茶漬けを運んでくる。電話もせずに深夜の帰宅とあっては、手のこんだ料理はすべて無駄になったはずなのに、一言の愚痴さえない。

そんなみさきを、謙次はいとおしいとも思う。思うが重苦しい方が大きかった。

ベッドに入ってからも、すぐに、

「おやすみなさい」

と優しく言って、みさきは目をつぶる。以前のように、抱いて欲しさを遠回しに示すとも一切なかった。謙次の嫌がることは何もしないというスタンスが、明らかに見えていた。いっそ、自分から裸になり、

「何なのよッ。女なんか作ってテッ」

と、むしゃぶりついてくれた方がまだ救われる。男のわがままだとわかっていても、謙次は静かに眠っているみさきが、どこかおぞましかった。

謙次の帰宅が遅い日が続くと、みさきはますますふさぎがちになった。そのくせ、すべての思いは自分の中に封じこめており、日に日にストレスがたまっていく。

ある日、とうとうみさきは亜矢子に言わせた。

「パパ、早く帰ってきて。亜矢子と一緒にごはん食べて」

謙次は答えた。

「ママに言っておきなさい。クリスマスのイルミネーションが思った以上に評判で、取材やパブで忙しいんだってね」

こんな難しい言葉を亜矢子が理解できるわけもなく、

「ママに言えって。あとはよくわかんない」

とだけ、伝えられた。謙次は子供を使うやり方にますます嫌気がさしていた。

そんな中で、みさきは謙次がどんな女とつきあっているのかを知りたくなってきた。それがわかったところでどうなるものでもないが、見えない相手に嫉妬し、自問自答するのはもはや限度にきていた。

しかし、女についてはまったく見当がつかない。考えてみれば、一歩自宅を出た謙次がどんな生活をし、どんな思いで生きているのかを、みさきはまったく知らなかった。「外でのことは話さない」という夫を、今まではむしろ男らしく思っていたが、結局は夫のことを何ひとつわかっていなかったのである。夫の方もわかって欲しいとも思わないから、外での話をしないのであろう。

夫婦は安定した幸せに向かって二人で手を組み、その結果としてセックスなど不要になってくるのだという思いも、みさきの中にはあった。そのために謙次がセックスレスになっているのなら、許すしかあるまいという覚悟もあった。しかし、自分たちは会話もなく、理解しあっているわけでもなく、とりたてて手を組んでいるということもない。その上、セックスもない。夫は夫で生き、妻は妻で生き、それがとりあえず同居しているにすぎない。何の波風もなかったが、これでは夫婦というものに何の意味があるのか。

みさきは何としても、愛人の正体を確かめたくなった。みさきには触れたがらない謙次が、どんな女に触れたがっているのかを見たかった。しかし、愛人に関しては、情報が少なすぎた。「ビザーンス」という香水を使っているであろうということ以外、何らの手がかりもなかったのである。

祥子は芳彦の眠る寝室で、「ビザーンス」をつけた。昨日、パリを飛び立ち、昼に成田に着いたばかりである。甘い香りのする体に浴衣を着て、祥子は自分から芳彦の布団に入っていった。

パリでの二週間というもの、確かに祥子はセックスを欲していた。それは常に夫以外の男という条件があったが、体そのものが飢えていた。正直な体を確認することは、素直な動物にかえったようで、決して悪くない気持がしたものである。

現実として、夫以外の男に飢えた体を満たしてもらう気はなかった。それはモラルという思いもあったが、ここまで欲している体でぶつかりあえば、夫とのセックスに新しい展開が期待できそうに思った。回数を減らしても、今夜のようにいいセックスをしようよという話もできると思った。

一方、芳彦は自分からすべりこんできた祥子に、つくづく「セックスの好きな女だ……」と思った。もちろん、愛してはいたが、祥子のパワーには舌を巻く。世の中では、「妻たちのセックス嫌悪」も言われており、セックスをしたい夫たちが困っているというのに、うちはまるで逆だなと思った。

二週間をセックスレスで過ごした芳彦は、正直なところ祥子と交わるのが面倒くさくもなっていた。間があいているとはいえ、知り尽くしている妻の体である。妻が留守の間に、なぜか征服欲も失せ始めていた。

いくら格上の妻だからとて、ベッドルームの中で征服した勝利感が何年ももつはずがない。ベッドで何十回殺そうと、毎回達するまで攻めようと、しょせん妻の方が社会的に上であることに変わりはない。六畳間の秘儀は、世間には意味のないことなのだ。それでも、芳彦は存分にベッドで祥子を愛した。夫としての義務感がそうさせていた。

芳彦の手によって、祥子の体が明らかに満たされていく。祥子の表情の変化を上から見ながら、芳彦はそれを楽しんでいた。そこにはもはや「征服」という感情はなく、「包容」

に近い充足感があった。

祥子の表情の変化の八割は、演技であった。久々のセックスは決して悪いとは言えないまでも、やはりのめりこめるほどではなかった。いつもと同じ手順で愛され始めた時、安らぎは確かにあった。しかし、恋人時代や新婚当初のような絶頂感にはほど遠い。

それが「夫婦」としての、安定した性であるとするなら、それはそれでいい。しかし、そんな夫婦になったが最後、二度とセックスの本来的なるものを味わえないということである。他者との行為が許されざるものならば、結婚と同時に男女は枯れていくだけになる。それを「安定」だの「夫婦の安らぎ」だのという言葉で表わすのは、単なるごまかしではないのか。

あれほど欲したセックスの最中に、祥子はそんなことばかりを考えていた。それでいながら、感じているふりをし続ける。やはり、こんな思いはもう二度としたくなかった。これからはきちんと話し合い、しばらくはセックスレスでいることを言ってみようと思っていた。

今年の冬は例年になく寒く、朝起きると窓が霜で白くなっていることが多い。それでも謙次が出勤する頃には、陽ざしがリビングいっぱいに射してくる。

今朝も、みさきは相変わらず、にこやかに謙次を送り出し、朝刊を開いた。

女を探し当てたいという思いは強かったが、あまりにも手がかりがなさすぎた。謙次がこのところ、みさきに対して淡々としていることもつらかった。みさきの懐柔策を喜んでいないことはわかっていたが、今さら「女なんか作ってッ」と叫び出すには、タイミングを外しすぎていた。

自分レベルの女は、「りこうな女」などをめざしてはならないのだと、みさきは今さらながら寒々とした思いに襲われていた。

今日は亜矢子が帰ってきたら、イルミネーションを見に行ってみようと思った。夕方から出かけて行き、イルミネーションを見た後で謙次と三人で銀座に出よう。いくら忙しくても、一晩くらい家族で外食する時間を作れるだろう。それが、このところのギクシャクを洗い流してくれるといいのだがと思いながら、何気なく朝刊の家庭面を開いた。その時、カラー版の写真が目に入った。それは「宝の小箱」という連載コラムで、毎回、著名人たちが大切にしている物を見せ、それについて語っている。

今朝は「武田祥子さん（34）――照明プランナー」となっていたが、みさきには知らない名前である。ただ、二本の見出しから目がはなせなくなっていた。

「古い香水びん」

「今、東洋電機のイルミネーションが大評判」

見出しの横に、笑顔の祥子の写真があった。アンティークな香水びんをたくさん並べ、ひとつを手にして笑っている祥子を見た瞬間、みさきの背筋に悪寒が走った。怖れるように記事を読む。そこには「パリに留学している時に収集を始めた」とか「結城丈一郎が結婚祝いにプレゼントしてくれた」とか、祥子の絢爛たる経歴が匂っていた。そして最後の結びに、記者は書いていた。

「武田さんが体を動かすたびに、かすかに甘い香水が匂う。香水びんも好きだが、それ以上に、自分に手をかけることが好きな人なのだろう。眠る間もないほどの仕事をこなしながら、みごとなことである。甘い香りはモスグリーンの男仕立てのスーツを着こなした武田さんの、アンバランスな魅力を際立たせていた」

これを読んだ時、みさきは頭の中が空洞になった。それでいて、頭の芯がキーンと音をたてている。

謙次の女は武田祥子に間違いないと思った。イルミネーションの仕事が縁で知りあったのだ。これほどの女ならば、自分も結婚していようが「自由恋愛」などと言いそうである。

祥子の写真を再び見ながら、みさきは息苦しくなっていた。愛人は二十代前半の、体だけの遊び相手だと思いこんでいた自分は、何と浅はかだったことか。こんな女が相手とも知らず、ちくわにキュウリを詰めたり、化粧をして陽気にふるまっていたのだ。

二時間後、みさきは亜矢子の手をしっかりと握り、地下鉄大手町駅に降り立った。亜矢子が昼過ぎに帰ってくるや、大急ぎでおやつを与え、すぐに連れ出していた。イルミネーションに灯が入るのは夕方五時からであり、まだ二時間以上の間があった。しかし、みさきは居ても立ってもいられなかった。

灯が入ろうが入るまいが、謙次の女が作ったイルミネーションが見たかった。女の力を見せつけられるのは震えるほど怖い。だが、それを見せつけられて、徹底して自分自身をみじめにすることもいい。そうすれば、つまらない「りこうな女」などはかなぐり捨てられる。

「私と別れないで下さい」

と、土下座をすることもいとうまい。それは人間の尊厳に反することであるが、自分がそうしたい以上、誰にも文句は言わせない。みさきは震えながらも、そんなマゾヒスティックな快感をほんの少し感じていた。

地下鉄の駅を出て、冷たい風の中を二分ほど歩くと、東洋電機の本社が見えてきた。作業員たちが動き回っており、道行く人も立ち止まってビルを見上げていた。

ビルの前まで行くと、作業員たちはイルミネーションを何やらいじっている。みさきは立ち止まって見ている通行人に聞いた。

「とりこわすんですか?」

「イヤ、手直しだって言ってましたよ。たぶん、今日から手直ししたのがつくんじゃないですか」

みさきはうなずき、ビルを見上げた。灯のついていないイルミネーションは電球がむき出しで、何だか間が抜けて見えた。

「亜矢子、パパにお電話してごはんの約束しようね。それで、電気がつくまで、ママとどこかでお茶でも飲んでいようね」

寒さに頬を赤くしている亜矢子は、おとなしくうなずいた。公衆電話を探すために、その場を立ち去ろうとした時だった。本社ビルの玄関から、今朝の新聞で見た顔が出て来た。祥子は三人の男たちと連れだっており、誰もが防寒用のカーキ色のジャンパーを着ていた。背中には「J・YUKI　STAFF」と大きく縫いとりがある。

「ママ、早くお電話しようよ」

せかす亜矢子の手を握り、みさきは祥子を凝視した。写真で見るよりもずっと若く、黒革のパンツに包んだ脚は長い。男物のスタッフジャンパーはかなり大きかったが、それが逆に祥子の体をことさらにスレンダーに見せている。みさきが想像していたよりもはるかに背が高く、一七〇センチに近いのではないかと思った。シニョンにまとめた髪には栗色のメッシュが入り、スカーレットの口紅がいかにもパリ好みという感じがした。

祥子とスタッフはまっすぐにみさきの近くまで歩いてくると、図面を広げ、ビルを見上げた。祥子が時々、笑顔で作業長に指示を出す。みさきはそんな祥子を無言で見つめていた。

図面のページを繰る時、ジャンパーの前が開いて、真っ赤なセーターの胸が少し見えた。みさきはそこにほとんどふくらみのないことを知った。胸が薄いことは、女としてマイナスであるはずなのに、みさきは自分の方が妙に重く、野暮ったい体つきに思えた。自分よりも、あんな薄い体つきの方が洋服は似合うのだ。さかんに手をひっぱる亜矢子に返事もせず、みさきは祥子をにらみつけていた。

「ママ、行こうってばァ」

亜矢子になおもせかされ、みさきはうなずいた。そして、公衆電話へと歩き始めようとして、きびすを返した。そして、祥子の前に立った。

「武田さんでいらっしゃいますか」

祥子のまなざしが注がれると、みさきは胸を張って言った。

「私、大倉の家内でございます。いつも主人が大変お世話になりまして」

祥子は一瞬わけがわからぬというように、みさきの目を受けていた。

第五章

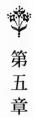

祥子の目を正面から受けて、みさきはさらに言った。

「大倉はわがままですので、ご迷惑をおかけしておりますでしょう」

みさきを快感が貫いた。愛人であれ、恋人であれ、男の姓を呼び捨てにすることはできない。それができるのは妻だけである。たとえ祥子が「謙次」と呼ぼうと、「謙チャン」と呼ぼうと、それはどんな女でも口にできる言葉なのだ。「大倉」という呼び方だけは、妻にしか世間が許さない。

祥子は笑みを浮かべて、会釈した。

「大倉さんの奥さまでしたか。失礼致しました。武田でございます。初めまして」

祥子は亜矢子の方を向き、小さくかがんで言った。

「こんにちは。クリスマスのお飾りを見に来てくれたの？」

「うん……」

亜矢子は恥ずかしそうにうなずいた。みさきはわざとたしなめた。

「亜矢子、お返事は『うん』じゃなくて、『はい』でしょ。パパにいつも言われてるのは、だれだっけなァ?」

亜矢子は祥子に言い直した。

「はい」

祥子は面白そうに笑った。そして、丸めて持っていた図面でビルを指さした。

「亜矢子ちゃんねえ、今、あのてっぺんまで電気がつくからね。あと二時間くらいしないとだめなんだけど、ママとお茶でも飲んで待っていられるかな?」

「うん……あ……はい」

祥子は声をあげて笑い、その時、首に巻いていたマフラーがずれた。ファスナーを止めていないジャンパーから、あざやかな赤いセーターが大きくのぞいた。それは一目でカシミアとわかる素材で、きれいなボートネックのラインであった。みさきは祥子のネックラインから目がそらせなかった。

真っ赤なセーターからのぞく首には、くっきりときれいに鎖骨が浮いていた。鎖骨が作るくぼみは水がためられそうに深い。「男は女の鎖骨に感じるものだ」という文章を、確かに雑誌で読んだことがあった。

祥子は亜矢子の目線でしゃがんだまま何かを話していたが、みさきは鎖骨ばかりを見ていた。

「じゃ、またね。亜矢子ちゃん」

祥子は立ちあがると、マフラーを巻き直した。その時、香水がかすかに匂った。「ビザーンス」であった。

「これから多少の手直しをしまして、今夜からはもっときれいになりますので」

祥子はみさきに笑顔を向けると、スタッフと一緒に駈け出して行った。また香水が匂った。

みさきは突っ立ったまま、動けなかった。謙次はあの美しすぎる鎖骨に唇を這わせているのだろうか。あのくぼみからかすかに匂い立つ香水に、我を忘れるのだろうか。

「ママ、早くパパにお電話」

亜矢子に促され、みさきは歩き出した。だが、どこをどう歩いているのかもわからなかった。色気のないカーキ色のジャンパーの下に、あざやかな赤のカシミアを無造作に着る女は好きになれない。無造作というのが、そもそも計算だとみさきは思う。だが、計算であろうともそれに打ちのめされていた。カシミアのセーターを一枚買う金があれば、みさきは食卓に肉をのせ、亜矢子にゲームソフトを買い、謙次にネクタイを買うだろう。夫はそんな妻に感謝しながらも、そういう発想のない女に魅せられていくのだ。

「ママ、電話があるよ」

亜矢子が駈け出して行き、電話ボックスの扉を開けた。

「亜矢子がかける。カードちょうだい」

せがむ亜矢子を、みさきは制した。

「会社に子供が電話しちゃダメ。ママがするから待ってて」

みさきは番号を押した。でたらめの番号であった。

「オキャクサマガ、オカケニナッタデンワバンゴウハ、ゲンザイツカワレテオリマセン。バンゴウヲ、オタシカメニナッテ……」

受話器の向こうで、機械的な声がした。みさきはかまわず言った。

「申し訳ございませんが、広報の大倉をお願い致します」

亜矢子が背伸びして叫んだ。

「ママ、パパに言って。亜矢子、カレーとプリンアラモード」

みさきは亜矢子にすまないと思いながらも、一人芝居をうち続けた。

「あ……そうですか。わかりました。どうもお手数をおかけ致しました」

電話を切ると、亜矢子に言いきかせた。

「パパね、お仕事で出かけてるんだって。それで遅くならないと会社に戻らないって」

亜矢子は小さくため息をつき、うなずいた。聞きわけのよさが不憫であった。

「ママと二人でカレーを食べようね。プリンアラモードもね」

外に出ると、遠くに東洋電機ビルが見えた。まだ日暮れには間があったが、空は早くも光が力を失っている。みさきは亜矢子の肩を抱くようにして、歩き始めた。

どうしても謙次と食事を共にする気にはなれなかった。祥子の姿が拭っても拭ってもよみがえってくる。新聞を見た時から、直感に似た思いで予測はしていたものの、祥子を目のあたりにした衝撃は大きかった。かすかに匂った香水も予測していたはずなのに、動揺は激しい。

さかんに話しかけてくる亜矢子に生返事をかえしながら、銀座へと向かい、歩き続けた。

「ママ、見て。可愛い」

亜矢子がおもちゃ屋のショーウィンドに張りつき、歓声をあげた。ウィンドいっぱいに森が作られ、電気仕掛けの動物たちが冬仕度をしていた。木の実を集めるリスや、ケーキを焼くウサギなどが可愛らしく動き回っている。

「ホントね。みんなよく働くね」

ふと見ると、ショーウィンドの一角が鏡張りになっており、亜矢子と並んでいるみさきがうつっていた。

一昨年に買ったオーバーコートを着たみさきは、コートのボタンをはずした。ワンピースの衿を下げてみる。鎖骨はふくよかな肉に埋もれ、形さえなかった。そればかりか、少し二重になりつつあるあごが、いかにもだらしなく見える。みさきはコートのボタンを止めながら、自分に向かって嘲笑した。

銀座に灯がつき始めた頃、みさきと亜矢子は四丁目のハンバーガーショップにいた。亜矢子がカレーよりもハンバーガーがいいと言い出したのだが、落ちつかない店であった。

窓の外、夕暮れた銀座はざわめきを増していく。クリスマスソングの中、若いOLたちが恋人と連れだって歩き、出勤前のホステスが粋に着こなした和服で通っていく。

亜矢子は小さな指でフライドポテトをつまみ、ひとつずつ口に入れている。みさきはみじめだった。クリスマス前のこんなにきれいな夕刻、幼い娘と食べるハンバーガー。客の出入りの激しい、ファーストフードの店。

「ママ、食べないの？　お腹痛いの？」

ずっと黙りこくっていると、亜矢子が心配して聞いた。

「大丈夫よ、痛くないわよ。ママ、お腹すいてないから、亜矢子にあげる」

みさきは手つかずのハンバーガーとポテトがのったトレイを、亜矢子の方に押し出した。

「亜矢子ももういっぱい。パパに持って帰ろ」

亜矢子はセーラームーンの柄のハンカチを広げ、ハンバーガーを包み始めた。

空は刻一刻と暮れ、銀座は艶を増していく。さざめいて歩く人々は誰もが幸せそうに見える。

亜矢子は小さなハンカチからこぼれたポテトをつまみ、おとなしく口に入れた。指についた塩までを丁寧になめた。元気のない母親を、わけがわからぬながら心配しているのはみさきにも感じとれる。

この子を不幸にしてはいけない。母親が沈んでいれば、それだけで幼い子供は心を痛める。もう祥子のことなど無視し、何もなかった頃のようにふるまうのが一番いいのだ。

考えてみれば、すべてはセックスレスであることが原点なのだ。それがいつでもみさきの心を揺らし、その揺れが謙次に伝わり、夫婦関係がぎこちなくなっていた。

亜矢子の指を拭いてやりながら、みさきは決めた。もう二度と、セックスレスを思い悩むまい。しょせん、セックスなどはなくても生きていけるものなのだ。水や空気とは違う。その上、祥子がいようとも、みさきを抱きたがらなくとも、謙次に家庭をこわす気がないことはハッキリとわかる。もうそれで十分ではないか。一緒に暮らしている夫婦には、セックスレスというのも自然な愛の形なのだ。若い二人を結びつけるためには確かにセックスが必要であった。しかし、二人の関係を維持するにはなくてもすむものなのだ。だからこそ、多くの夫婦たちの生活の中から自然淘汰されていったのだろう。

「亜矢子、プリンをたくさん買って行って、おうちで食べようね。パパの分も買おうね」

みさきが明るく言うと、亜矢子はやっと安堵したように笑顔を返してきた。

その夜、謙次が帰宅したのは十一時を回っていた。みさきは化粧を落とさず、風呂にも入らずに待っていた。

玄関を入るや、謙次はぶっきらぼうに言った。

「何だ、寝てりゃいいのに」

「クリスマス前で忙しいんでしょ、大変ね。今、お茶いれる。それとも少し飲む?」

「いいってば。あんまり気を遣わないでくれよ」

「そうじゃなくて……」

「風呂に入って寝る」

謙次はリビングを出て行った。一人残されたみさきに、また祥子の鎖骨が浮かんだ。

謙次はぬるめの湯につかりながら、やるせなかった。みさきに冷たくする気はないのだが、いちいちカンにさわる。遅い帰宅の理由も聞かず、先回りして優しく「忙しいんでしょ、大変ね」にはゾッとする。事実、謙次はこの日、ずっと横浜にいた。横浜で広報会議があり、その流れで中華街にくり出したが、言う気にもなれなかった。

風呂からあがると、謙次はまっすぐに寝室に入った。普段なら、リビングで冷たいビールを飲むのだが、みさきの猫なで声を聞きたくない。

一時間もすると、風呂を終えたみさきが入ってきた。謙次は寝入っているふりをした。

みさきはそんな謙次を黙って見ながら、このままでは二人の雰囲気が悪くなる一方だと思った。

「あなた、寝ちゃったの?」

返事はない。みさきは勝手に話しかけた。

「今日ね、亜矢子とイルミネーションを見に行ったのよ」

返事はなかった。

「武田さんと偶然に会ったわ。すてきな人ね」

返事はなかった。

「あなた、ああいうタイプ、好きでしょ」

優しく言ったつもりだが、言ったとたんに言わなければよかったと思った。謙次は寝息をたてているわけでもないのに、背中を向けたまま返事もしない。

みさきは小さな焦りが少しずつ広がってくるのを感じていた。

セックスレスになってからというもの、喧嘩をすると仲直りがしにくくなっていた。セックスがあった頃は、我慢できなくなった謙次が必ず手を伸ばしてきた。そして、翌朝にはいとも簡単に笑いあって、トーストを頬ばったものである。

セックスレスになってからも、幾度も喧嘩はあったが、今回のように変に陰にこもったものはなかった。必ず原因があり、それは亜矢子の躾《しつけ》のことであったり、お互いの口のき方であったりした。その原因をとりのぞけば、すんなりと仲直りできていた。今回のようなギクシャクした雰囲気は初めてであり、みさきにはどうしていいのかわからなかった。ただ一点、今、ここで謙次が手を伸ばしてくれれば、すべてはうやむやのうちに解決してしまうのに、ということだけはわかっていた。

みさきはゆっくりと鏡台の前に行くと、ネグリジェの前を開けた。やはり、鎖骨はまったく見えない。みさきは目をそらした。そして、青い香水びんを手に取った。二度と嗅ぎたくない匂いであったが、腋《わき》の下と胸の谷間に、ほんの一滴をつけた。ネグリジェの裾をたくしあげ、脚の奥に一滴をこすりつけた。

祥子だと思われてもいいから、今夜は手を伸ばして欲しかった。いいセックスであろうはずはないが、仲直りをするためならば、いくらでも感じる演技をしようと思った。

ベッドに入った瞬間、確かに謙次の背中が動いた。祥子の匂いに触発されているのだろう。それ以上を考える前に、みさきは背後から謙次を抱いた。祥子の匂いのする胸を、謙次の背に押しつけた。

突然、謙次は上半身を起こし、みさきをはねのけた。

「何の真似だッ」

思わぬことに言葉を失っているみさきを、謙次はにらみつけた。

「何だって香水なんかつけるッ。嫌味かッ」

何か言いかけるみさきを目で制し、謙次は洋服ダンスからネクタイとスーツを引っぱり出した。

「待って。どこに行くのよッ」

みさきの絶叫を無視し、謙次は荒々しく出て行った。

時計が零時を過ぎたその頃、祥子は大手町のオフィスで、パリの出張報告書を書いていた。全員が帰ってしまったオフィスで一人、ワープロを叩く。

窓の外には企業のビルが林立しており、どこのビルからも灯が見えている。日本経済をになう男たちは、不況の時代にあってさえもやはり眠ってはいない。

祥子はふと、初めて芳彦と関係した夜のことを思い出した。芳彦は言ったのだ。

「仕事でクタクタになると、たいていの男は女が欲しくなる。たぶん、女もそうだと思って」

真夜中の、たった一人のオフィスでその言葉を思い出した時、自分は結婚にはふさわしくない女かもしれぬと思った。「妻の職務」というものは何もやっていない。だからこそ、せめてもの償いでセックスだけは拒まないことにしている。

しかし、誰もいないオフィスで働くことの方が、よほどの快感だ。子供を作る気もないし、何よりも仕事がしたい。いい仕事のためならば、パリから帰国するや東洋電機のイルミネーションの手直しをし、会議や次のプロジェクトの打合せをこなし、深夜まで出張リポートを書くことに何の苦痛もない。体は疲れきっているが、芯には確かに恍惚感がある。

その芯が、別の恍惚感をも欲していることに、祥子は気づいていた。だが、芳彦とならばばもうたくさんだ。祥子は苦笑し、ワープロのケースを閉じた。

外に出ると、夜風は刺すようにとんがっていた。祥子は空車をつかまえようと、道の左右を見たが、深夜の大手町は静まり返っている。通りかかるタクシーは、銀座からの客を乗せているのか、ノンストップである。忘年会シーズンになった十二月の夜、ビジネス街を流しても割に合わないのだろう。空車はまったく来ない。

祥子は東京駅まで行くしかないと思い、人通りの絶えた道を歩き始めた。夜風はコートを通して突き刺さってくる。さすがに疲労のせいか、体は重く、ハイヒールの足が痛い。またも、ふと芳彦のあの言葉が思い出された。

その時、一台の乗用車が通り過ぎ、急停車した。

「祥子さん！」

謙次であった。謙次は運転席から顔を出し、叫んだ。

「タクシー、来ませんよ。乗って」

祥子は飛びこむように、謙次の車に乗った。

「無茶苦茶だなァ。こんな夜中に一人歩きして」

車の中はヒーターが効いており、その暖かさが祥子の心と体をゆるめた。

「送りますよ。家、どちらですか」

「どうしたの？　こんな時間に」

「女房と喧嘩して、家を飛び出したはいいんですが……」

「会社しか行くところがなかった」

謙次は笑ってうなずき、助手席のドアに手を伸ばし、ロックした。その時、祥子の香水が匂った。つい今しがた、みさきがまとった匂いであった。

謙次はハンドルに手を置いたまま、フロントガラスを見ていた。ガラスの向こうの闇に、みさきの悲し気な顔が浮かんだ。振り払うように大きく深呼吸し、ギアに手をかけた時、祥子の視線を感じた。見ると「どうかした？」とでも言いたげな目があった。

謙次はその目を、はずさずに受けた。祥子もそらさなかった。謙次はギアに置いた手を祥子の肩に回し、ゆっくりと引き寄せた。近づいてくる唇を、祥子は間違いなく意志を持って受けていた。

ホテルの一室で、二人は抱きあった。何らふくらみのない祥子の体は、みさきとは対極にあった。ただ、何人もの男と関係を持ってきたであろうと思わせる応え方を祥子はする。それはいたく謙次を刺激した。みさきに対してはヴァージンに感激し、一から教えこんだことを喜んでいたのに、今は多くの男に触れられた体を喜んでいた。

みさきとのセックスは、義務だと言いきかせて何とか簡単に終わらせようとするのに、祥子に対しては何でもしたかった。祥子は何をされても過敏に反応した。

祥子は謙次を受け入れながら、何ひとつ演技はなかった。芳彦に対する罪悪感と、欲求するままに不貞を働いている自己嫌悪が、ますます体を煽《あお》る。かわききった砂地が、いくらでも水を吸いこむようであった。

二人は幾度も、同時に果てた。

祥子は毛布を引きあげることもせず、うつ伏せになったまま動けなかった。もはや息をすることさえ疲れるほどの謙次であったが、祥子をあおむけにした。美しく浮き出た鎖骨に、もう一度、唇を這わせた。

祥子は小さく声をあげて笑った。

「君は見ためとまるで違う」

「それ、ほめ言葉？」

「当然。エッチじゃない女なんて、女の価値ないから。だけど、見るからにエッチな女ってのも、女の価値ないし」

「その最大のほめ言葉、そっくり男のあなたに贈るわ」

「ずっと女房とセックスレスだったから」

「……お会いしたわ、奥さん」

そう言ってから、祥子は初めて気づいた。激しい時間の最中、謙次の妻を思い浮かべることもなければ、幼い娘と話したことさえ忘れていたことに。

「女房とやりたくなくてね。今日、君としたことを二か月に一度でも女房とやれば、家庭円満なんだけど」

「あんなことは、日常を共にしている間柄ではできないわよ」

「君のところもそう?」

祥子はあいまいに笑っただけで、答えなかった。

「君とだったら、いくらでも何でもやれる。愛してると思った」

祥子も同じだった。余韻がさめてくると、自分の犯した罪を感じてはいたが、激しい交歓の最中は、謙次を愛していると思った。何も考えられないほどの快楽の中で、その一点だけははっきりと感じていた。

それでいながら、芳彦に対して優しい気持になっている。それは罪悪感や贖罪からくるものではなく、体が満たされたことからきていた。自分の渇きが満たされ、初めて他者をいつくしむ余裕が持てたと言ってもいい。

「私は単なる淫乱じゃないのかって、今、思ってる」

「違う」

「そうかな……」

「そう」

「一夫一婦制って、無理があることかもしれないわね」

「……僕も、そう思う」

枕元の時計は三時を示している。今頃、みさきはどうしているだろうかと謙次は思った。帰ったら謝って、この土曜日には家族でどこかにドライブしよう。

「ダンナが君とできないのはよくわかるよ。結婚なんて、『いつでもやれる女ができました』ってことを公表するようなもんだから。そんないつでもやれる女と、どこの男がやりたいもんか」

謙次は勝手に、祥子夫婦もセックスレスだと決めつけている。もとより、祥子は芳彦が十日に一度、必ず求めてくることを言う気はなかった。妻としたがらないということが、夫のステイタスのように思えて、芳彦の現実を言っては尊厳を傷つけるような気がした。

「また逢える？」

謙次が聞いた。答えない祥子に、謙次はつけ加えた。

「寝るってことじゃなくて、食事をしたり話したり……」

祥子は笑った。

「食事や話だけならイヤだわ」

謙次はもう一度、祥子を抱きしめた。


以来、謙次と祥子は少なくとも週に一度は逢うようになった。

お互いに決して暇ではなかったが、何としても逢いたいと思えば、時間というものは作り出せる。懸命にやりくりして、時間をひねり出すことがときめく。

逢うのはいつもホテルの一室である。ルームサービスの食事と酒で話すこともあれば、すぐにベッドに倒れこむこともあった。

謙次にとっては軽くない出費であったが、みさきには内緒の蓄えもあった。それに、二回に一回は必ず祥子がホテルを予約し、支払いをしていた。そして、遅くとも十時半には必ず別々にホテルを出る、ということも暗黙の了解になっていた。

祥子の罪悪感は強かったが、しかし、謙次とベッドで過ごす時間は、はかりしれないほどの解放感があった。モラルだの愛情だの精神だの、そんなきれいごとをねじ伏せるほどの、体と自己の解放感だった。本当にいいセックスというものが、どれほど人間を楽にするかを祥子は思い知らされていた。いいセックスができるということは、謙次との間に愛情があるからであろうが、精神論が小さく思えるほど、体の快感は祥子を楽にしてくれる。

今夜もホテルからの帰り道、タクシーの中で祥子は思い起こしていた。

無理な姿態をとらされ、その中でもう限界というところまで昇りつめた時、謙次は聞いたのだ。

「もう降参?」

思えば、いつでも男に降参するまいと頑張ってきた祥子である。どんな状況にあっても男たちを向こうに回し、伍してきた。そこには「降参」という言葉も思いも、絶対になかった。たとえ敗れても、「敗者復活」を狙う意識しかなかった。芳彦とのセックスは、安泰を維持するためのものであり、もとより降参はない。

謙次に向かって、本心から「降参」と言った時、祥子は強い者にねじ伏せられる快感を覚えた。自分が女であることの嬉しさと羞恥が、身を貫いた。それはまぎれもなく、精神の解放でもあった。性愛というものが、決して精神愛の下に位するものではないということを、祥子はタクシーの震動の中で思っていた。

謙次も夜道を歩きながら、祥子の「降参」という一言を思い出していた。

あの時、謙次はハッキリとわかったのだ。結婚した男たちの多くが、どうして妻を抱きたがらないのかということを。

夫婦という関係にはいかがわしさがないから、いかがわしいことができない。

セックスというものが愛の形であることに間違いはないが、行為そのものが尋常な姿形ではできない。妻以外の女に対しては、どこかに「犯す」といういかがわしさがある。それは征服欲を満たされる快感でもあった。祥子に「降参か」と聞いたのは、まさにそこから出てきた思いであった。

夜道を歩きながら、謙次はつぶやいた。

「カミさんを征服してどうなるの」

カミさんの待つ家が、遠くにあったかな灯をともしていた。

みさきは時計を見上げ、そろそろ謙次が帰る頃だと立ちあがった。

台所に行き、ビーフシチューをあたためながら、このところめっきりと優しくなった謙次に、釈然としない思いを抱いていた。妻として、常に夫の目を意識するよう心掛けてきたことへの評価とは考えられなかった。

祥子とますますうまくいっているから、としか思えない。謙次は優しいばかりか、今までにない気配りまでする。帰宅が十一時を過ぎる日は、必ず前もって言う。それに加えて、今夜のように駅から電話をかけてくる。

「今、駅だ。もう十分で着くからメシ頼むね。亜矢子は寝た?」

これらはすべて、今迄の謙次には考えられないことであった。家庭的な夫であり、父親ではあったが、ウィークデーの帰宅時間はあてにならず、帰ってもお茶漬けさえ食べないことの方が多かった。電話で必ず食事のことを言うのは、仕事をしていたという強調ではあるまいか。おそらく、祥子との食事を悟られないように、夕食を二度とるのだ。

みさきは不信感が増すばかりである。香水をつけた夜に謙次は家を飛び出し、明け方近くに戻ってきた。みさきの顔を見るなり、

「ごめん」

とぶっきらぼうに、片手を顔の前にあげた。みさきも思わず言った。

「私こそ、ごめんなさい」

それですべては終わっていた。翌朝は亜矢子を中心に、いつものように笑いながら朝食をとった。

家を飛び出したことよりも、そこに至るまでのギクシャクした日々が、いつの間にか跡形もなく消えていたことに、みさきはこだわっていた。祥子との関係が上機嫌にしているとしか考えられない。

ビーフシチューを食べ終えた謙次は、ベッドに入ると話しかけてきた。

「クリスマスプレゼント、何がいい？　土曜日、三人で買いに行こうよ」

この取ってつけたような会話は、ご機嫌とりではないのか。笑みを含んだ謙次のまなざしに、みさきは猛然と腹が立ってきた。今日だって祥子と逢っていたに決まっている。その贖罪のために、こうやって懸命な笑顔でおいしいことを言うのだ。そう思った時、みさきは笑顔で答えていた。

「真っ赤なカシミアのセーター。武田さんが着ていたみたいなのがいい」

謙次は何ら表情を変えることなく、言った。

「彼女はたぶん外国で買ったんだろうなァ。でも似たのがきっとあるよ」

そう言ってから、謙次は困ったようにつけ加えた。

「カシミア五〇パーセントにしてくれって……せこい? 一〇〇パーセントは高いもんなァ。ま、いいか。おやすみ」

そう言ってみさきの布団を軽く叩いた謙次の背中を、汗が走りそうだった。みさきは自分と祥子とのことを気づいているのだろうか。しかし、まさか相手があの祥子とは思わないはずだ。祥子が結婚しているのは知っているし、同じ妻として一線を越えることはありえないとわかっているだろう。万が一、祥子がそんな女だと思っても、一介のサラリーマンを相手にするわけがないと思うのが普通だ。謙次はとりとめもなく考え続けた。

隣りに横たわりながら、みさきは黙って自分の手を見ていた。「カシミアのセーターなんていらないから、あの女としてきたことを私にもしてよ！」と叫べたら、どんなにいいか。

みさきは寝返りをうつふりをして、謙次の体に接触してみた。謙次はごく自然にみさきの頭を腋にかかえこみ、そのまま眠りに落ちていった。

これも今までにないことであった。必ず謙次も寝返りをうつふりをして、みさきの体から離れたものなのだ。

謙次の腕のあたたかさを感じながら、みさきはある決心をかためた。

祥子の夫が大田区の久が原で、ペットクリニックを開業していることは、すでに調べがついていた。

翌日、みさきは猫をバスケットに入れて、池上線久が原駅に降りた。猫は友達の奈美子《なみこ》から借りたものであった。

亜矢子を幼稚園に送り出すや、まず北千束に住む奈美子の家に向かった。

「お願い、ミーコを貸して」

「何なのよ、突然」

「すぐに返す。だから貸して。ミーコが怖がるようなことはしないから」

言いながら、涙声になっていた。高校時代からの親友の奈美子は、涙を見るとわけも聞かずにバスケットを出してきた。

ミーコの入ったバスケットを大切に抱え、みさきは池上線に乗った。

久が原駅から三分ほど歩くと、「武田ペットクリニック」という看板が見えてきた。あたりは閑静なお屋敷町で、「田園調布の奥座敷」と呼ばれるだけのことはある。

「武田ペットクリニック」の周辺も緑が深く、昨今の安手に豪勢な家などは一軒もなかった。どこも「祖父の代から」というような、重厚で古い家ばかりである。祥子の住む家もそんな一軒であった。クリニックの部分は白くて可愛らしい造りにしてあったが、接続している住まいは、古いが堂々たる鉄筋二階建てであった。

家の周囲を回り、みさきは百坪以上の土地だと思った。定期的に庭師が入っているのか、庭木は美しく整えられている。もっと中まで見たかったが、これ以上のぞいては不審に思われる。みさきはクリニックのドアを開けた。

ちょうど患者が途切れたところらしくて、十分ほど待つと、「谷口《たにぐち》みどり」というみさきの偽名が呼ばれた。診察室のドアを開ける前に、みさきは大きく深呼吸した。

「どうしました?」

にこやかに問う芳彦は色が浅黒く、精悍な体つきをしていた。運動でもやっていたのか、厚みのある体に短く刈りこんだ髪がよく似合っている。この男は妻の不貞を知っているのだろうか、私と同じ立場に苦しんでいるのだろうかと、みさきは芳彦を見つめた。

「どうしました?」

もう一度問われ、みさきはあわてて答えた。

「何か元気がないんです、食欲もなくて」

芳彦はカルテに書かれたミーコの名前を見て、まるで子供に語りかけるように言った。

「ミーコ、お前、イッチョ前に元気ないのか。何だ、ん？　男に振られるにはちょっと時期がずれてるぞ。どうした？」

芳彦はミーコを膝にのせ、さりげなく触診した。

「いつから食べなくなりました？」

「あ……一週間くらいでしょうか」

芳彦はミーコを床に降ろした。ミーコは物珍しいのか軽やかな足どりで、診察室の中を動き回った。それを見ている芳彦を、みさきはじっと観察した。

いかにも体育会系という風貌に清潔感があり、半袖の白衣から出ている腕は筋肉質である。適度に盛りあがった筋肉に青い血管が浮いており、「男の腕」という感じがした。みさきはそれを見ながら、謙次よりよほどセクシーだと思った。こんな精悍な男に抱きしめられるだけでも、結婚した甲斐があろうというものだ。

「何も心配いりませんよ。ホラ、よく食べてますよ」

ミーコは皿のキャットフードを、貪るように食べていた。しかし、みさきは自分の思いに沈み、芳彦の声も聞いていなかった。

祥子ももしかしたら、セックスレスなのかもしれない。それ以上に、夫婦仲そのものがまずいのかもしれない。セックスレスだけが原因で不倫に走る妻は、やはり特殊である。まして、祥子ほどりこうな女ならば、これほどの暮しを危うくするようなバカなことには走らないはずだ。華々しい経歴と社会的ステイタスを持つ祥子は、この夫に物足りなさを感じているのではないか。夫はいかにもよさそうな人間に見える。女は「いい男」には飽きないが、「いい人間」には飽きるものだ。

「谷口さん、どうかしましたか?」

肩を叩かれて、みさきは我に返った。芳彦は豪快に笑った。

「何だか飼い主の方が元気ないなァ。僕が診察するわけにはいきませんけどね」

芳彦はミーコをみさきに渡すと、カルテにペンを走らせた。

「何の心配もいりません。もし、何か変化があったら、またいらして下さい」

「あの、でも何かお薬は」

「いりません、いりません」

芳彦はミーコの小さな頭を指で小突くと、言った。

「オイ、甘ったれて仮病使うんじゃないぞ」

みさきに向けた笑みは、何の曇りもないものであった。

久が原の緑濃い住宅地を駅に向かいながら、芳彦は何も気づいていないとみさきは思った。と同時に、診察室で何もかもぶちまけてやればよかったとも思った。夫であれ妻であれ、いつでも「いい人間」がだまされる。「いい人間」は一生懸命に生きて、誰にも恥じることなく暮らしているのに、そういう正しい人間がとかく痛いめにあう。

みさきがぶちまけることを思いとどまったのは、あまりにも「いい人間」に見える芳彦に気圧《けお》されていたからに他ならない。みさき自身、何も知らなければよかったと思うことがある。たとえ、他の女に子供を産ませていたとて、何も知らなければ平和に、呑気に暮らしていけるのだ。知らずにすむことは知らない方がいい、ということが確かにある。

祥子に対しては激しい嫉妬と憎しみを抱いていたが、あの芳彦を奈落に突き落とすことは後味が悪そうだった。

土曜日の夜、祥子は自分から芳彦の布団に入っていた。

祥子は金曜日に謙次と逢っており、体も心も充足していた。満ち足りた思いが、芳彦への思いやりになっていた。

芳彦の腕の中で、祥子は言った。

「何も月に三回も四回も、愛しあわなくてもいいのよ。私はそんなことがなくても、愛されていることは十分にわかってるし」

「何で突然そんなこと」

「事務所の男の人たちがよく言ってるから。結婚して一年もたてば、セックスレスが普通だよって。義務でやってるだけだって」

芳彦は黙った。自分も半分は義務で、半分は征服欲であることを読まれた気がした。

「僕は祥子がいつもの祥子でなくなるのを見るのが好きなんだよな、きっと」

「恥ずかしいこと言わないで」

「だって、いつでもスキのないスーツを着て、男と渡りあって、セックスなんて興味もありませんっていう女に見える」

「色気がないってことだ」

「それが裸にすれば、大変な好きもの」

「嫌な言い方」

「どうして。今時、見るからに『やって』という女に色気なんか感じる男はいないよ。ガキはともかく」

芳彦は手慣れたように、祥子の浴衣を脱がせていった。パリにいた頃から、祥子の寝巻はいつも浴衣であった。

「祥子が僕の前でだけああなると思うと、これは結構男として悪くない」

祥子は、こんなにいい人間を裏切っているのだと思った。謙次の前では本当に我を忘れ、芳彦の前では演技なのだということを絶対に悟られてはならない。謙次とは比べものにならないほど芳彦を愛し、いとおしく思っているのだから。

その夜、祥子はいつにも増して演技をした。「これなら芳彦は嬉しいだろう」「もっとした方がいいかしら」と、祥子は自問自答し、ふりを続けた。その最中に謙次を思い浮かべることはまったくなく、ただひたすら芳彦に喜んで欲しいという、それだけであった。

日曜日の午後、謙次は亜矢子を連れて実家に出かけて行った。

「たまには一人でのんびりしろよ」

謙次の言葉はみさきにとって、決して嬉しいものではなかった。ご機嫌をとられていると思うと、かえってみじめになってくる。謙次は土曜日にはいつものように「ドルフィン」につきあってくれ、今日も亜矢子を引き受けてくれた。祥子と知りあう前は、家庭サービスは週に一日だけだった。

一人でリビングに座りながら、百回の家庭サービスより一回のセックスの方がいいと、みさきは思った。

ずっと「りこうな女」を守り、知らぬ存ぜぬで通してきたが、果たしてこのやり方で謙次は戻ってくるのだろうか。それよりも、謙次は亜矢子を実家にあずけて、祥子と逢う気なのではないのか。そう思うと居ても立ってもいられなくなってくる。

苛立ちながら時間を過ごし、謙次が実家に着く頃を見はからい、電話を入れた。

「みさきです。いえ、亜矢子が風邪気味だったものですから、大丈夫かと思いまして」

謙次の母親はのどかに答えた。

「ピンピンしてますよ。これからおじいちゃんと三人でおやつなの」

「三人って……主人は」

「高校時代の友達に会いに行くって。着くなり亜矢子を年寄りにおっつけて、出て行ったわよ。しょうがないわねえ」

電話を切るや、みさきは財布を握り、コートを着た。祥子の家に行こうと思った。行ってどうするのかは考えていなかった。とにかくドアチャイムを鳴らすのだ。もしも、芳彦しかいなければ、謙次と逢っているということだ。その時は何もかもぶちまけようと思った。祥子がいたらどうするかは考えもしなかった。祥子はいない。確信していた。

久が原駅に着くと、みさきは走り出した。気がせく。祥子は絶対にいないだろう。日曜日の昼日中から謙次と抱きあっている姿を想像するだけで、体が火の玉になる。

ドアチャイムを押した。返事はなかった。ペットクリニックの玄関に回り、チャイムを押した。返事はない。「本日休診」の札が風に揺れるばかりである。

みさきは三十分ほど近くを歩き、時間をつぶした後で、再びチャイムを押した。誰も出て来ない。とにかく祥子はいないのだ。みさきは芳彦が帰ってくるまで、駅前の喫茶店で時間をつぶそうと歩き始めた。

その時、背後で車の停まる音がした。振り返ると、ＢＭＷの運転席から芳彦が、助手席から祥子が降りてくるのが見えた。みさきは反射的に電柱の陰に身をひそめた。

芳彦と祥子はペアのセーターを色違いで着て、車のトランクからゴルフバッグを二つおろしている。練習場からの帰りらしかった。芳彦が何か言うと、祥子は大声をあげて笑った。なおも何か言う芳彦に、「もうやめてよ」とでもいうように、祥子は背中をぶった。カーポートに車を入れ終えた芳彦と祥子は、それぞれのゴルフバッグをかついで、笑いながら玄関に消えた。

みさきは駅まで歩きながら、自分がみじめでならなかった。謙次と祥子が逢っていなかったという事実は嬉しかったが、神様は何と不公平かと思った。

同じ女に生まれながら、同じ三十代でありながら、祥子は社会的に認められる仕事をし、都内に土地つきの家を持ち、外車に乗って、夫婦でゴルフを楽しむ。あのようすだと夫婦仲は円満そのものだ。あれほどいい夫がいながら、謙次にも女として扱われている。

みさきはふと足元に目を落とした。合成革の靴は安売りスーパーで、二千八百九十円の品物である。謙次の年収七百五十万は、世間的にも決して悪くはなかったが、そこから税金を引かれ、マンションのローンを引かれると楽ではない。亜矢子が幼いうちは、みさきがパートに出るわけにもいかない。当然のことながら、みさきは自分の周辺からまず切りつめる。それなのに、あらゆる物を手に入れている祥子に夫まで盗《と》られ、無我夢中で久が原まで来ては電柱の陰に身をひそめる。みじめだった。何よりも夫は女として見てくれない。機嫌をとり、優しくしてくれても、セックスしようとはしない。

合成革の妙な茶色の靴を見ながら、みさきは涙がこぼれてきた。自分は祥子に比べれば、確かに見劣りするかもしれぬ。しかし、それでも今迄、一生懸命に、まじめに生きてきた。体だって謙次以外の男に開いたことは一度たりともない。努力して、つましく、家計をやりくりし、謙次や亜矢子に恥をかかせないようにと、夢中で生きている女がどうして不幸になり、祥子のような女が幸せになるのか。

電車に揺られているうちに、みじめさは祥子への怒りに変わっていった。芳彦とじゃれあう一方で、平然と他人の夫を奪う女は許さないと思った。

月曜日、昼休みに合わせてみさきは芳彦に電話をかけた。

「重大なお話がございます。一時間ほど会っていただけませんか」

一息に言い、みさきは大きく息を吐いた。

第六章

芳彦はみさきが指定した「クレヨン」という喫茶店に向かって、車を走らせていた。

「クレヨン」は久が原から四つ先の駅、「洗足池」にあった。

当初はいたずら電話だと思い、切ろうとした時に電話の主が言った。

「私は先日、どこも悪くない猫を連れて行った谷口です。あれは偽名で、実は奥さまのことでお話がございます。久が原では人目につきますので、洗足池の『クレヨン』にいらして下さいませんか」

ハンドルを握りながら、芳彦には何の話が始まるのか見当もつかなかった。ただ、電話の内容が引っかかり、とにかく会ってみようと思った。

「クレヨン」に着くと、窓辺の席に見覚えのある女がいた。確かに猫を連れてきた谷口であった。

「お待たせしました」

芳彦の声に、みさきは立ちあがって頭を下げた。

「大倉みさきと申します。お呼びたて致しまして」

芳彦は目のやり場に困った。みさきは大きく衿のあいた薄手のセーターを着ており、頭を下げると豊かな胸の谷間があらわになった。

「お話って何でしょうか」

「手短かに申し上げます。お宅の奥さまと、うちの主人が不倫の関係にあります」

「は?」

「肉体関係にあります」

言わずもがなのことを言った後で、みさきは目を伏せた。顔色がひどく悪かった。芳彦はこの話は本当かもしれないと思った。だが、あまりに唐突すぎた。

「申し訳ありませんが、そういう話は信じられません。何か証拠でもありますか」

みさきは力のない目で芳彦を見て、小さく首を振った。

「証拠はありません。でも間違いありません」

証拠がないなら、思いすごしと考えていい。悪い話というものは、なぜか聞いた瞬間に信じてしまうものである。芳彦は安堵してコーヒーを一口飲んだ。猫を連れてきた時は気づかなかったが、みさきの胸がやたらに目立つ。わざと衿のあいたセーターを着てきたとしか思えない。

「武田さん、私が仮病の猫を連れて行ったことが証拠になりませんか。寝盗られた夫のあなたを見に行ったんです」

芳彦の目が鋭くなった。「寝盗られた夫」という一言が突き刺さった。

「でも、あまりにいい人という気がして、あの時は言い出せませんでした。申し上げますが、奥さまは少なくとも週に一度は、うちの夫と関係しています」

「信じませんね、全然。そんなお話でしたら、僕は忙しいのでこれで」

立ちあがろうとする芳彦に、みさきは早口で言った。

「奥さまの香水は『ビザーンス』。うちの夫は東洋電機の社員で、クリスマスイルミネーションを担当していました」

芳彦は浮かしかけた腰を落とした。「ビザーンス」は芳彦が好きな香水で、最初のひとびんをプレゼントしたのも芳彦であった。

座り直した芳彦に、みさきは今迄のことをすべて話した。

「……お恥ずかしい話ですが、うちはセックスレスです。夫は私とは……」

みさきの声が途切れた。

「でも……私にあの香水をつけさせると……」

芳彦は黙った。みさきも黙った。やはり本当かもしれぬと思いながらも、芳彦は言った。

「信じません。妻はそこまでバカではありません」

みさきは目をあげた。

「でも、体はバカかもしれません。セックスレスに耐えられない女だと私は思いました」

芳彦は笑った。

「昼間から話すことではありませんが、そこまで妻を言うなら申し上げます。うちはふんだんに行為があります」

みさきは信じられないというように、芳彦を見た。芳彦は妙な誇らしさを感じた。

「毎回、彼女を満足させています。他に愛人を作るわけがないと、僕はよくわかっています」

みさきはかすかにうなずき、頭を下げた。

「そうでしたか……。勝手なことを申し上げて、すみませんでした」

のろい動作でコートを引き寄せた。

「私はまだ疑っておりますが、ご主人がそこまでおっしゃるなら、思い違いかもしれません。申し訳ありませんでした」

それからみさきは、澄んだ目を芳彦に向けた。

「奥さまみたいに幸せな人、羨ましいです」

その目に曇りがなく、芳彦はみさきが哀れになっていた。芳彦とて祥子を疑い始めている。それは少しずつ大きくなっていたが、みさきを哀れっぽく思う気持の方が今は強かった。夫や恋人がいないならば、セックスレスは精神的にはまだ健康的だ。だが、いるのに行為がないというのはつらい。

「でも武田さん、奥さまが毎回満足しているなんて、ありえないと思います」

みさきは伝票をつかみながら言った。

「え……どういう……」

伝票をさりげなく引き取って、芳彦は目でその先を促した。

「ですから……演技だと思います」

「何を言って。バカバカしい」

「いえ、ありうると思います。年に一回あるかなしの私でさえ、夫を喜ばせようと思って演技をしますから……」

みさきは立ちあがり、深々と頭を下げた。胸の谷間が奥まであらわになった。

「一度も演技をしたことのない女なんて、いないと思います」

みさきは言い切ると、重い足取りで出て行った。

芳彦はさめたコーヒーをすすった。「演技」という言葉が頭にこびりついている。女が演技をするという話は、今までにもさんざん耳にしていた。が、芳彦も友人たちも、自分の妻や恋人の話ではないと、頭から信じこんでいるところがあった。一般論として話題になることはあったが、自分の女は本当に感じているのだと、どの男たちも疑いたがらない。芳彦は次々に友人の顔を思い浮かべてみたが、誰しも「対岸の火事」という表情であったと思う。

午後の診察をしながらも、芳彦の頭からは「演技」という一言が消えなかった。仔犬に注射を打ちながら、祥子の狂態ばかりが浮かぶ。どう考えても、あれが演技とは思えなかった。あそこまでの演技ができるなら、大変な役者である。とても祥子にできるわけがない。それに、毎回のように演技をしているならば、セックスは苦痛なはずである。ところが一度も拒まぬどころか、パリから帰国した夜は、我慢できないように、祥子の方から芳彦の布団に入ってきた。そう思うと、芳彦にはどうしても演技とは考えられなかった。

それでも、不快なわだかまりは消えない。不倫のことも非常に気になる。もしも、もしも祥子が演技をしていたならば、不倫はありうる。愛人とは本当の快楽に酔い、その罪ほろぼしのために夫を拒まないということは十分に考えられる。罪ほろぼしと、愛人の存在を悟られないためであれば、必死な演技がいくらでもできるのかもしれない。芳彦は手が汗ばんできていた。

その夜、芳彦は待ちかねたように祥子の浴衣のひもを解いた。本当に演技かどうか、細大もらさず見てやろうと思っていた。

いつもと何ら変わらない手順で進めると、ものの十分もたたないうちに、祥子は声をもらし始めた。いつもよりかなり早かった。

祥子は声をもらしながら、明日の打合せのことを考えていた。結城がわざわざ祥子を指名してくれたその仕事は、湘南海岸にできたカソリック教会のライトアップであった。教会は結城の設計で、天使が羽を広げたようなチャペルの姿が、すでに全国的に評判になっている。祥子は夜空から天使が舞い降りてくるようなライティングを考えており、今夜は芳彦を早く眠らせて資料を読みたかった。早いところケリをつけてしまいたくて、祥子は演技に熱をこめた。

そんな祥子をつぶさにうかがいながら、芳彦はこれは絶対に演技ではないと思った。長い髪を汗でうなじに張りつかせ、苦い薬を飲んだ時のような表情をしている祥子が、たまらなくいとおしくなった。芳彦は昇天するまででも愛してやろうと攻めたてた。

いつにも増して粘る芳彦に、祥子は焦り始めていた。チラと枕元の時計を見た。

その一瞬を芳彦は見逃さなかった。

気づかぬ祥子はすぐに喘《あえ》ぎ声をあげた。

芳彦に悪寒が走った。気持も体も瞬時にしてさめた。プッンとやめた。それさえ祥子は不審に思わず、うるんだ目で満足そうに芳彦を見つめ、ぐったりと動かなくなった。芳彦は何も気づかなかったように、安らいで眠りに落ちるふりをした。

それから二十分もたたないうちに、祥子がそろりそろりと腕枕から抜けた。芳彦は寝息をたてながら、全身の神経を祥子の動きに集中させた。祥子はそっと起きあがると、自分の布団には戻らず、ガウンを着た。そして、しのび足で寝室を出て行った。間もなく、隣りの書斎のドアが開く音がし、そして閉じられた。

十分たっても二十分たっても祥子は戻って来なかった。芳彦は足音をたてないようにスリッパをはかずに、廊下に出た。書斎のドアはぴったりと閉まっている。

芳彦は寝室に戻り、ベランダに出た。真夜中の空気に体が凍りつきそうであったが、裸足で、音をたてずにベランダを歩いた。コンクリートの冷たさが体の芯を貫く。

寝室の隣りの書斎はカーテンが閉まっているものの、真ん中がうまく重なっていなかった。芳彦はそこから書斎をのぞいた。

祥子はトレーナー姿になり、夢中でパソコンに打ちこんでいる。その横顔は、つい先ほどまであられもない姿でベッドをのたうっていた女のものではなかった。コンクリートの冷たさも深夜の冷気も、芳彦には感じられなくなっていた。

「ですから……演技だと思います。……肉体関係にあります。……寝盗られた夫のあなたを見に行ったんです……」

みさきの言葉がよみがえる。

裸足で突っ立ちながら、自分は何ひとつ祥子を征服していなかったのだと思った。ベッドで殺してやったどころか、死んだふりをして下さっていたとはお笑いである。

祥子の引きしまった横顔を見ながら、こいつはうるんだ目まで演技できるのだと思った時、芳彦は殺意にも似た感情を持った。


翌週からというもの、芳彦は毎晩飲み歩き、毎晩違う女を抱いた。安いバーのホステスもいれば、場末のスナックで、隣りの止まり木に座ったOLもいた。

「オイ、やらせろよ」

いつもこの一言だけだった。筋肉質の体がわかるように、芳彦はいつでも素肌にTシャツを着ていた。

「アンタなら、男はみんなやりたくなるよ。そそる体してるよ」

こう言って、後は何も言わずに酒を飲む。女としては悪い気がしないらしく、十人のうち六人までが色をにじませる。それを察知するや、芳彦は有無を言わさずタクシーに押しこみ、ラブホテルにつけた。タクシーの中で女に金を渡し、下半身だけを裸にしたこともある。

ホテルに着くや、いつでも有無を言わさずに襲いかかった。それは明らかに、単なる「犯し」の荒っぽさであったが、女は悦び、芳彦はやりたいようにやった。

女をめぐって客の男と喧嘩になったこともある。女と見れば抱き、男と見れば殴りあい、危いとなれば逃げるうちに、芳彦は自分の中に野生動物の本能が目覚めてくるのを感じていた。それは非常にセクシーな気分にさせられることだった。

そんな芳彦の変化には何も気づかず、祥子は多忙を極めていた。教会の仕事がスタートしたばかりであり、帰宅は連日の深夜である。帰ると、芳彦は眠っていることが多かった。時に芳彦が帰っていないこともあったが、友達と飲んでいるのだろうと、祥子はさほど気にもとめなかった。

ただ、朝はどんなに眠くても、芳彦より早く起きて朝食を作った。トーストを頬ばりながらの会話に、芳彦の荒れは見えなかった。少なくとも祥子は何ら気づかなかった。

その忙しさの中でも、祥子は謙次と逢う時間をひねり出していた。謙次と逢ってセックスすることだけが自分を楽にしてくれると、今は明確にわかっている。

教会の仕事は順調ではなかった。ライティングに微妙なグラデーションをつけて、天使の羽の動きを表現しようという祥子の案は、結城に一蹴された。

「シックだけどインパクトがないね。インパクトだけというのも下品だけどね」

結城はそれっきり、何も言わなかった。その感想に添うものを考え直せというのは明らかであった。

毎日、祥子は目の下にくまができるほど仕事をした。海外の資料を読み、湘南に足を運び、予算と照らしあわせながら案を練り続けた。しかし、どうしても納得のいくものが出てこない。結城に提示する日は来週の月曜日に迫っている。祥子の頭の中は予算と、志と、焦燥感で固く煮つまっていた。

そんな時は、謙次に抱かれることばかりを考えていた。謙次はいつでもジェットコースターで地の底に急降下させ、一気に天空高く昇らせてくれる。その快感に何ら恥ずることなく叫び、謙次と一体になって揺れる。祥子は体中の細胞がすべて拡がり、大きく呼吸し始めるのを感じる。これは芳彦とのセックスでは、絶対にもたらされないものであった。

謙次との関係に「愛」があるのかと問われれば、祥子は芳彦の方を愛していると答えるだろう。しかし、謙次によって初めて、セックスがこれほどまでに人間を解き放してくれるものだということを知らされていた。

「人って、時々は動物にならないと呼吸困難になるものなのね」

事後、裸のまま抱きあって、祥子は謙次に言ったことがある。謙次は鎖骨に指を這わせながら答えた。

「そう思う。女房とは動物になれない。動物になれないセックスなら、しない方がいい。他としたい」

祥子もそう思う。謙次と体を重ねる回数がふえるにつれ、芳彦への罪悪感は薄れていった。管理され、息がつまる社会の中で人間らしく生きていくのに、いいセックスは最後の唯一の砦《とりで》だと思えた。それが夫婦間では成立しえないならば、他に求めることは神も責められまい。神が人間を動物として作った以上、動物に戻る場所を必要とすることは当然であると祥子は思った。

ある夜、芳彦はいつものように祥子を抱いた。祥子は謙次の体を思い、謙次を相手にした時の淫らな自分を思い、懸命に芳彦に応えようとした。芳彦を裏切っていることを少しでも消したかった。

芳彦はシーツをつかんでうねる祥子に、冷静なまなざしを注いでいた。祥子の演技が真に迫れば迫るほど、芳彦はそんな祥子を観察することに快感を覚えていた。心の中で、「それも演技か。よくやってくれるじゃないの。面白いからもっとやれよ。もっと」とつぶやく。

アダルトビデオで見た姿態をとらせる。灯をつける。祥子はやめて欲しいと目で訴えたが、芳彦は無視した。やがて祥子の表情は恍惚となっていく。もはや、芳彦にはどこまでが演技なのかわからなかった。おそらく、すべてが演技なのだ。

社会的には地位も信用もある祥子が、あられもない姿態をとらされ、必死に演技をしている姿に、芳彦は震えがきた。冷たい目を祥子の裸身に注ぎ、芳彦は心の中で吐き捨てた。

「この淫乱がッ。うまいじゃないか、大した演技だよ」

ねじれた快感は、安酒場で拾った女を抱くことの何倍も強かった。


十二月も二十日になると、街はあわただしさを増してきていた。

みさきの暮しには何の変化もなかった。謙次は祥子と逢っているに違いないが、当初の頃のように極端に優しくなったり、ご機嫌をとったりということはない。ずっと以前と同じに「ドルフィン」につきあい、よき父、よき夫である。みさきに対する言葉や態度も、ごく普通で、平和なものであった。

みさきはそれが怖くなっていた。祥子との関係がもはや揺るぎない安定したものになっていることの証拠のように思える。その後、芳彦には何の連絡もとっていなかったが、彼からも電話一本ない。おそらく、祥子にうまく丸めこまれ、みさきだけが悪者になっているのだろう。みさきにしてみれば相当な強硬策に出たつもりであったが、芳彦にとっては忘れてしまうレベルのことだったのだ。そう思うと、みさきは脱力感に襲われた。

その日、亜矢子が幼稚園から泣いて帰って来た。友達のルミ子の家でやるクリスマス会に、

「亜矢ちゃんは来ちゃダメ。ママがそう言ってるから」

と言われたという。すでに、ルミ子の手作りのたどたどしい招待状が届いており、亜矢子はずっと楽しみにしていた。みんなでプレゼントを交換するのだと張り切り、ビーズの首飾りの用意もできていた。謙次に手伝わせて、真剣な表情で包装していたのは昨夜のことである。

幼稚園の制服のまま、大粒の涙をこぼしている亜矢子にみさきは聞いた。

「亜矢子だけが来ちゃダメって言われたの？　他のお友達はみんな行くの？」

亜矢子は泣きながら、うなずいた。

「亜矢子だけダメだって。ルミちゃんのママが言ったって」

みさきは自分のせいだと思った。主催者のルミ子の母親が仕返しをしてきたのだと気づいた。

ルミ子は遊びに来るたびに、勝手に冷蔵庫を開けてジュースを取り出す。そして夫婦のベッドルームが好きで、ダブルベッドをトランポリンにして遊ぶ。毎回、みさきはさり気なく注意をしていたが、ルミ子はどこ吹く風である。そのうちに、亜矢子も友達の家で勝手に冷蔵庫を開けたと知り、みさきは二人を並べて厳しく注意した。

「よそのおうちに行ったら、冷蔵庫やお部屋を勝手に開けちゃいけないのよ。そういうのは、とってもお行儀の悪いことなの。亜矢子、わかったわね?」

みさきはほとんどを亜矢子に向けて言い、直接的にルミ子を叱ることのないよう、心を配ったつもりである。しかし、今日の報復を考えると、ルミ子から何をどう聞いたのか知らないが、母親が激しく気分を害したことは間違いなかった。

一二〇センチにも満たぬ身長の、幼い亜矢子が泣いているのを見て、みさきは大きな後悔に襲われた。父母会の女王然としているルミ子の母親が、このくらいの報復手段をとることは予測できたはずなのだ。

「亜矢子、泣かないの。パパとママとおじいちゃんとおばあちゃんと、みんなでクリスマス会やろう、ねッ」

「イヤ。亜矢子、ルミちゃんちに行きたい。亜矢子だけダメって、どうして？　亜矢子、行きたい」

泣きはらした目で必死に訴えてくる亜矢子を、みさきはどうすることもできずにいた。ただ、明日、今年最後の父母会が開かれる。その時にルミ子の母親に詫び、何とか機嫌を直させようと思っていた。

父母会は、翌日の午前中に開かれた。みさきは人数分のケーキを用意し、出席した。ところが、出席者八人の態度がよそよそしい。母親たちの誰一人としてみさきと目を合わせない。議事が進むなかで、みさきが発言してもまったく反応がない。すでにみさきを村八分にすることが、母親たちに通達されているのだろう。隣席の母親に、みさきはへつらうように話しかけた。

「ねえ、お宅のよっちゃん、一輪車うまいんですってね」

「さあ」

その一言で返事はおしまいである。集会はルミ子の母親の仕切りで終了し、母親たちはみさきにも型通りに言った。

「よいお年を」

そして、談笑しながら出て行った。机の上には八つのケーキが、どれも手つかずのまま残された。

その夜、謙次が帰宅したのは十二時近かった。今年はもう逢えないからと、祥子との濃密な時間がいつもよりオーバーしたのだ。

ドアを開けたみさきの目は赤くはれている。

「何かあったのか」

謙次が言うと、みさきは顔をおおって泣き出した。ようすを聞いた謙次は我が身を恥じた。妻と幼い娘が、こうやって日常の小さなことに必死で立ち向かっている時、自分は恋人と非日常に酔っていたのだ。

みさきは謙次の胸にすがることもせず、硬い食堂テーブルに伏して嗚咽《おえつ》した。

「ほっとけよ。冬休みが終われば、案外ケロッと仲直りしたりするもんだ。もしも、ずっといじめが続いたら、幼稚園をやめさせよう。な？」

みさきは泣き顔をあげた。

「……そうね。やめさせる……」

懸命に笑顔を作ると、台所に向かった。

「何か軽く、食べるでしょう？」

謙次はネクタイを外しながら、そっと亜矢子の部屋をのぞいた。去年の誕生日に謙次がプレゼントしたウサギの人形を抱き、眠っている。ふと見ると、タンスの上には小箱が置いてあった。謙次と二人で包装した、クリスマス会のプレゼントであった。

亜矢子のつややかな額を撫でながら、この子と妻が大切だと思った。そのいとおしさは愛人とは比較する気にもなれない。亜矢子が高校生にでもなった頃、きっと今回の仲間外れも笑い話のたねになる。

「あの時、亜矢子だけが仲間外れにされてね」

亜矢子は覚えてもいないだろう。「昔の話はやめてよ」と照れるに違いない。今、ウサギを抱いている腕には、おしゃれなブレスレットをしているのだろう。みさきは髪に白いものがあるかもしれない。家族が一緒に年齢をとっていく。それは安らぐことだと、謙次は亜矢子の額を撫でた。

思えばいつでも、夫婦と子供は一緒に時を積んできた。それを「歴史」というならば、そうだ。毎日毎日のささやかな日常が、ピラミッド型に積まれていく。「死」をピラミッドの頂点としたら、そこに至るまでの雨風もすべて、堅牢なひとつの石として積みあげられていく。恋人の出現や病気や左遷や、それらさえも石材のひとつである。その時は揺れても、夫婦のピラミッドは結局は何もかもを飲みこんでしまうのだ。

亜矢子の頬に唇をおしつけて、謙次は部屋を出た。

着かえてリビングに入ると、みさきが茶碗に飯をよそおうとしていた。その横顔を見た時、ふと「こいつは何が楽しくて生きているんだろう」と思った。亜矢子の成長以外には何もあるまい。日々とりたてて華やぐこともなく、祥子のように仕事と愛人をものにして、熱っぽく生きているわけでもない。日常の瑣末《さまつ》なことに心を痛め、泣き、夫の飯をよそい続ける毎日だ。

「みさき、お茶漬けはいらないよ」

みさきはまた謙次の気分を害したのかと、目をあげた。

「二人で外に行って、何か食おう。亜矢子ならよく眠ってるから大丈夫だ」

ためらうみさきを車の助手席に押しこみ、謙次はエンジンをかけた。

「亜矢子が起きると可哀想だから、すぐ戻ってね」

そう言うみさきの目が和んでいる。

車を多摩川方向に進め、途中で謙次はコンビニに入った。一緒に行こうとするみさきを押しとどめ、

「寒いから待ってて」

と言い、駈け出して行った。すぐにホットチョコレートとフライドチキンの包みを抱いて戻り、再び発車させた。やがて車は多摩川の土手沿いを走り、停まった。二人はホット

チョコレートを飲み、チキンを食べた。

窓からは深夜の多摩川が見える。枯れ草と枯れ木の間から、向こう岸の灯がまたたいている。そのまたたきは、冷気に震えているように見えた。

「亜矢子のこと、みさきは何も悪くないから気にするな。あっちの母親が悪いんだ」

謙次の言葉に、みさきはまた涙ぐんだ。

「でも、私の言い方も……」

途中で優しく遮り、謙次は言った。

「悪くないよ、みさきは全然」

涙が止まらなくなり、ホットチョコレートが飲めなくなった。何があろうと、わけさえ聞かずに味方につくというのが夫婦なのだ。みさきは夫がいる限り、どんなことも耐えられそうな気がした。

「もう泣くなって。たいしたことじゃないよ」

謙次の大きな手がみさきの頬を撫でた。

二時をはるかに過ぎた頃、二人はベッドに入った。謙次はみさきを抱き寄せ、添い寝をするように守って眠った。

夫が浮気をすることも、夫婦の人生におけるひとつの過程なのだろう。つらがっている妻を外に連れ出し、深夜のドライブで慰める夫に、何の文句があるというのか。守るように眠ってくれる夫は、ちょっと珍しいオモチャに手を出しただけなのだ。そう思いながら、みさきは平安な気持で眠りに落ちていった。

その一方で、もしも今夜抱いてくれたなら、ドライブや優しい言葉よりもずっと慰めになるのに……とも思った。

翌日の夕方、謙次のオフィスに祥子から電話がかかってきた。珍しいことであった。電話は目立つので、必ずベッドの中で次の約束をするのが常であった。緊急の場合は予約してあるホテルのフロントに伝言することになっていた。

電話の向こうで、祥子はおし殺した声で言った。

「今夜、逢いたい。三十分でいいから、お茶だけでもつきあって」

「何かあったのか」

「あった」

「……夫にバレたとか」

「違う。お願い、逢いたいの。逢って」

昨日逢ったばかりだというのに、懇願の口調で取りすがる祥子が気になり、謙次は退社後にホテルのティールームに走った。

祥子は窓辺の席で待っていた。顔が妙に青白い。

「どうした」

謙次の姿に、祥子は力なく笑った。いつもはくっきりと塗られている口紅がはげおち、紅筆で描いた唇の輪郭だけが残っている。それは顔色の悪さとあいまって、妙になまめかしい。

「私、教会の仕事を降ろされた」

祥子はレモンジュースを飲み、酸っぱさにちょっと顔をしかめた。

「ずい分努力したんだけど、結城は満足しなかったの。今日の会議で降ろされた」

言う言葉もなく、謙次はコーヒーにミルクを注いだ。いつもはブラックだが、何かの動きをしないことにはいたたまれなかった。

「少しいい気になってたから、ちょうどいい薬なの」

それから祥子は窓の外に目をやった。暮れた師走の街を、忘年会に向かうらしき一団がはしゃいで通り過ぎていく。

「忙しいのに来てくれてありがとう。話したらスッとしたわ」

祥子は立ちあがり、笑った。顔色は悪いままだった。

「これからアーケードでものぞいて帰るわ。女は買物をすると、大抵のことは吹っ飛ぶのよ」

ロビーに出ると、祥子は地下アーケードに続くエスカレーターに乗った。見送る謙次に向かい、手を振った。

「ありがとう。また来年ね」

祥子を乗せたエスカレーターは、地下へと降りて行った。その時、突然、謙次はエスカレーターを駈け降りた。驚く祥子の腕をつかみ、引きずるようにして上へと駈けあがった。

一時間後、二人は小さな和風ラブホテルの和室で抱きあっていた。荒々しい時間が過ぎた後であり、二人は精も根も尽き果てたように無言であった。謙次の指だけが、祥子の鎖骨をなぞって動く。

「つらい時は、人の肌が一番いい」

祥子がつぶやき、謙次を見た。そして、もっと深く謙次の胸に入った。

「さっきティールームで話しながら、ずっと抱いて欲しいと思ってた。でも、いざとなると口に出せないものね」

祥子を胸に抱えこみながら、謙次はみさきの顔を思い浮かべていた。昨夜、ドライブよりも抱いてやる方がどれほどの慰めになるか、謙次にはよくわかっていた。みさきがそうして欲しいと思っていることも予測がついていたし、できることならばそうしてやりたかった。しかし、あの期に及んでもその気になれなかった。いとおしさはあふれるほどなのに、セックスする気にはなれなかった。

それなのに祥子のことは抱いて慰めた。いとおしさも何も感じる間もないうちに、「抱いてやりたい」と思っていた。愛情で裏打ちされた言葉を百回重ねるよりも、一回の体が薬になることはあるのだ。泣きながらホットチョコレートを飲んでいたみさきを思い浮かべ、改めて可哀想なことをしたと思った。

「夫がいるのに、夫じゃダメなの。愛しているのに夫の体じゃ慰められない」

祥子のつぶやきに、謙次は自分と同じだと思っていた。

芳彦からみさきに電話が入ったのは、それから二日後の昼間であった。

第七章

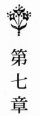

芳彦は白金グランドホテルのティールームを指定した。

「お話ししたいことがありますので、十二時にいらしていただけませんか」

みさきは動悸がした。よくない話だと直感した。

亜矢子の幼稚園に電話をかけ、三時間ほど延長であずかって欲しいと頼んだ。

駅へ向かいながらも、動悸はますます速くなってくる。謙次と祥子の間に結婚話が出ているのではないだろうか。そうでなければ、今頃になって芳彦から呼び出しがあることが解せない。芳彦にとっても、見て見ぬふりができない状況になってきたに違いない。

みさきは吊り革につかまりながら、とりとめもなく考えた。もしも離婚話が出た場合、亜矢子を謙次に渡す気はないが、みさき自身には何の経済力もない。親権はどうなるのだろうか。謙次と別れて一人になるということはどういうことなのだろうか。生活の問題ではなく、いつも一緒にいた夫がいなくなるということは、どういう気持になるのだろう。

生きていけるにしても、自分はただ呼吸をしているだけの体になってしまうのではないだろうか。

まとまったことは何も考えられなかった。同じことを断片的に、間断なく思い浮かべた。それでいながら、車窓にぶつかりながら力なく飛んでいる虫に気づいたりする。

ティールームに入ると、奥の席から芳彦が立ちあがって会釈するのが見えた。

芳彦を目の前にしたみさきは、どことなく薄汚れた感じがしていることに気づいた。この間、喫茶店で会った芳彦とは明らかに違っていた。見ためは何も変わっていないし、上質なヘリンボーンのジャケットはよく似合っている。

ただ、どことなく疲弊《ひへい》した匂いがまとわりついている。肌にも艶がなかった。やはり、祥子との離婚話が出たな……と、みさきは覚悟を決めた。コーヒーをゆっくりと飲み、芳彦はみさきを見た。みさきに再び大きな動悸が襲ってきた。

「お話って何でしょうか」

芳彦は答えなかった。もう一口、ゆっくりとコーヒーを含んだ。

「どうぞ、何でもおっしゃって下さい。いいお話でないことはわかっています」

芳彦はポケットから、ホテルのルームキィを出し、テーブルに置いた。硬いテーブルの上で、それは小さな音をたてた。

「一度おつきあいいただこうと思いましてね」

芳彦はみさきの胸から目を動かさずに言った。リブ編みのセーターは、その胸をあらわにしているのと同じように、編み目がバストラインのままに大きくカーブを見せていた。

何のために呼び出したのかはわかったが、みさきは気づかぬふりをして言った。

「冗談をうかがっている時間はありません。子供が帰って参りますので、早く本題を」

「これが本題ですよ。おわかりのくせに」

芳彦は声をあげて笑った。おかしくもないのに笑っているという声だった。

「そんなお話なら失礼します」

立ちあがるみさきに、鋭く芳彦は言った。

「僕は見ためより怖い男ですよ」

そして、脅すようにつけ加えた。

「お宅のご主人、うちの女房とよほど体が合うんでしょう。あなたには指一本触れないっていうんだから、バカにされてると思いませんか」

「失礼します」

「まァ、待ちなさいって。今回のことでは僕も傷つきました。見て見ぬふりをして過ごしてきましたが、腹の虫がおさまりません。僕とあなたが関係すれば、お互いに気持がおさまると思いましてね。むろん、一回だけです」

「私はそういうことは致しません。帰らせていただきます」

「祥子はお宅のご主人とやってます」

立ちあがったみさきの脳裏に、謙次とからみあっている祥子の姿が浮かんだ。その一瞬の間をつかみ、芳彦はたたみかけた。

「ご主人、きっとメロメロですよ。何といっても祥子は、フランス人の男に仕込まれた体ですからね」

「失礼します」

みさきは強い目で芳彦を見た。芳彦はその目を受けて、やがて言った。

「わかりました。なら、結構です」

みさきは一礼し、伝票をつかんだ。その手を芳彦の手がつかんだ。

「関係しなくていい。裸を見せていただく。それくらいならいいでしょう」

みさきは手を振り切り、立ちあがった。

「お断りになる。それなら僕はご主人の会社に出向きます」

「え……」

「上司に言いますよ。イルミネーションの打合せを理由に、武田祥子と不倫をしているってね。お堅い東洋電機なら不倫だけだって問題なのに、イルミネーションがからんでは公私混同です。ご主人にとっては、サラリーマン人生の終りですよ」

「脅しですか」

「脅してもいいほどのことを、僕はやられていますのでね」

「主人のせいばかりではありません」

「そう。うちの女房も悪い。ただ、世間では女房が不倫すると、女房の悪さよりも亭主のだらしなさが笑われるんです。現にあなただって、『寝盗られ亭主の顔を見に来た』と言ったでしょう」

みさきは目を伏せた。

「亭主が不倫した場合は、女房に同情がいきますからね、あなたはまだマシな分、裸になるくらいいいでしょう」

芳彦はテーブルの上のカギをつかんだ。

「指一本触れません。裸になって僕の前に立ってくれればいい。それで気がすむんです」

「……できません」

「それなら致し方ない。結構です。ただし、僕は本当に会社に訴えます。上司に直接言うより、いっそ、ＯＬたちのいるオフィスで叫んだ方がいいかな」

「どうぞ、お好きなように。でも、あなた自身が恥をかきます」

「僕の恥なんて、ご主人の恥に比べれば一瞬です。ご主人はサラリーマン生活をだいなしにするわけですからね」

芳彦の目がみさきを見据えた。その目をみさきが見据えた。

やがて、みさきは小さくうなずいた。

「わかりました」

みさきは自分から、ルームキィに手を出した。

謙次に恥をかかせたくないとか、愛しているからとか、そんなことで裸になろうとは思っていなかった。その理由を冷静に考えることはできなかったが、巣を守る本能に近かったかもしれない。芳彦は外敵であり、身をもって巣や子供を守る雌の本能が動かしているようであった。

部屋に入ると、芳彦は冷蔵庫のビールを手にして、ダブルベッドに腰かけた。みさきは屈辱に肌が粟立った。酒を飲みながらの男に、裸身をさらすのかと思うと膝が震えた。しかし、酒を手にしないとこんなことはできない男なのだから、寝盗られたりもするのだと、幾度も言いきかせ、何とかプライドを保とうとした。

みさきは部屋の隅で、リブ編みのセーターを脱いだ。ブラジャーにおおわれた胸が、端《はた》目《め》にもたわわな重さを感じさせる。芳彦は一言も発することなく、缶ビールを飲んだ。

みさきは一気にブラジャーを外した。何かを考えるとできなくなりそうだった。芳彦はその大きな乳房に目を見はった。いかがわしい雑誌やビデオでしか見たことのないような乳房であった。だが、セクシーとかエロティックという匂いは感じにくい。子供を育てる乳房という気がした。獣医学部の実習で、たくさんの動物の乳房を見てきたが、それによく似たあたたかさや、母性を感じる乳房であった。

みさきは目を伏せ、タータンチェックのスカートだけをつけて立っている。

「スカート」

芳彦が短く催促する。みさきは諦めきったように小さくうなずいた。目はずっと伏せたままで、芳彦とは部屋に入ってから一度も合わせていなかった。みさきは後ろを向くと、ファスナーに手をかけた。スカートから片方ずつ脚を抜く。肌色のパンティストッキングの下に白いショーツがすけて見える。みさきは芳彦に背を向けたまま、部屋の隅で動こうとしなかった。

芳彦は何も言わずに、缶ビールを飲んだ。五分間ほどもみさきは動かなかった。芳彦は肉づきのいい後ろ姿を見ながら、一言もはさまなかった。

みさきの両手がパンティストッキングにかかった。観念したように腰を突き出して、ストッキングを脱いだ。

ショーツ一枚になったみさきは、かたくなに背を向けたまま、ストッキングを丁寧すぎるほど丁寧にたたんだ。芳彦は黙って、みさきのショーツ姿を見ている。たたみ終わると、みさきは何もすることがなくなった。もう最後の一枚をはぎとって、芳彦の方を向くしかない。屈辱ではあるが、ほんの何秒か我慢すればすむことだとみさきは思った。しかし、一糸まとわぬ姿になった自分を、芳彦が本当に何もせずに帰してくれるという保証はない。ピンクのカバーがかかったダブルベッドがある部屋なのだ。

もしも、ベッドに押し倒されたらどうすればいいのか。初めて、自分がいかにバカなことをしているかに気づいた。たとえ今回は指一本触れずに帰されたとしても、これからことあるごとに呼び出されるかもしれない。そのたびに、会社に言うと脅され、そのたびに自分は脱ぐことになる。幾度か重なれば、ただではすまない。ベッドに転がされることは目に見えている。

ティールームでは何も考えられず、一度脱ぐだけですむのならと思った自分が、どれほど危険なワナにはまったかをみさきは思い知らされていた。あの時、どうして、

「どうぞいくらでも会社に言って下さい。そんなことはどうにでもなります」

と切り捨てて席を立てなかったのか。冷静に考えてみれば、何もかも謙次に話し、二人で対策を練ることはできたのだ。負いめのあるのは謙次の方であり、そこから話しあうことで夫婦の新しい道が拓けたかもしれぬ。何よりも、上司や会社に知れることを怖れすぎた。会社は辞めればすむ。不況の時代であっても、親子三人くらいどうにでも生きていかれる。マンションのローンは残っているが、それとて売り払えばすむことだ。物価の安い地方に移り住み、残った借金は少しずつ返していけばいいのである。

みさきは激しい後悔に襲われながら、「でも……」と思った。芳彦とて社会的に地位のある人間だ。まして妻は少しは知られた有名人である。幾度も脅しをかけようなどとは、もともと考えていないかもしれない。そんなことを重ねて、もしもみさきが警察に訴えたら、祥子もろともすべてを失うことになる。芳彦はあの町で開業することは不可能になり、祥子は週刊誌ネタにされるだろう。それをわからない芳彦ではあるまい。失うものは芳彦夫婦の方がずっと大きいのだ。

みさきはショーツ一枚の背中を向け、考え続けた。芳彦は声をたてない。時折、缶ビールをテーブルに置く音が小さく聞こえる。

脱ぐしかないと思った。浅はかな考えでここまで来た以上、裸をさらしていい目が出ることを祈るしかなかった。ここで再び服を着て帰っては、芳彦は本当に乱暴するかもしれない。

裸の背を見せたまま、動かないみさきを芳彦は凝視していた。何を考えているのか、背中からはわからないが、ためらっていることは当然わかる。

ビールの二缶目があいた時、みさきはショーツをおろした。祥子とは比べものにならないふくよかな腰と臀部《でんぶ》があらわになった。みさきはすぐにしゃがみこみ、ショーツを小さくたたんだ。そして、うずくまったまま、立とうとはしなかった。

そのうちに、背を向けているみさきの肩が小刻みに震え始めた。白い二の腕が動き、涙を拭っている。片一方の手は、丁寧にたたみ置かれた衣類を意味もなく撫でている。

みさきは振り向きたくなかった。舌をかみ切っても振り向きたくはなかった。しかし、覚悟を決めたはずではなかったか。今後、怖いことはきっと何も起こらないから、振り向いてしまえばいいのだ。幾度も言いきかせるのだが、立つことさえできなかった。たとえ、今ここで何か起ころうと、三十一歳にもなった自分がとった行動が原因なのだ。一回くらい何かあったっていいではないか。生死にかかわる問題ではない。それに、一瞬だけ裸を見れば、芳彦も本当に気がすむかもしれない。

みさきは心を決めた。泣きながら立ちあがった。今、自分の臀部に芳彦の視線が注がれていると思うと、人間としてのプライドが切り刻まれていく。

みさきは大きく息を吸い、力いっぱいに胸を張った。涙を手の甲ではじき飛ばすと、威圧するように振り返った。

芳彦はいなかった。

芳彦はフロントでチェックアウトをすませ、外に出た。師走の空はひときわ青く、陽が照っているというのに、空気は音がするほど張りつめて冷たい。

芳彦は苦笑した。本当はみさきを犯してやろうと思い、服を脱がせるところまでこぎつけたというのにこのざまだ。あの乳房を見た時、確かに衝撃を覚えた。見たこともないみさきの娘が吸いつく姿が浮かんだ。それでもまだやってやるという気はあった。

決定的に萎えたのは、祥子とはあまりに違う腰と臀部を見た時だった。それは、まともに生活している女の体だった。エロスだの色気だのという思いは吹き飛んだ。生活している女の体が持つ存在感に、圧倒された。そしてその時、学生の頃に見た一枚の写真を思い出したのだ。

芳彦は立ち止まって、タバコに火をつけると、青空に向かって煙を吐いた。あの写真は、確か昭和史の写真集であった。終戦前後、食べる物がなく、子供をかかえて困り果てている若い母親らが七人も乱暴され、いずれも全裸で絞殺された「小平事件」の写真であった。血眼になって食べる物を探している女たちに、男が近寄り囁いたのだ。

「食べ物を都合してあげるから、俺について来なさい」

芳彦はタバコをもみ消すと、ジャケットのポケットに手を突っこみ、歩き出した。その母親たちと男の間に、どんな会話があったのかは写真集には書いてなかった。ただ、男は彼女たちを強姦し、そして殺した。おそらく、「一発やらせれば、芋とミルクをやるよ」とでも言ったのだろう。

写真集にはモノクロの、俯瞰《ふかん》の写真が出ていたはずだ。芝の増上寺で、その被害者はあおむけになって、全裸で転がされていた。俯瞰の現場写真なので、死体の顔はわからなかったが、女の体は色白で脚が短く、太く、腰が大きかった。そして、白い体に恥毛が無修正のままに写っていたことを、芳彦は鮮明に覚えていた。

写真集には「食糧難にあえぐ女の弱味につけこんだ、卑劣な犯行の極みである」というような短い文章が載っていた。

　みさきの腰と臀部を見た瞬間、殺された女の写真が突然、思い浮かんだのだ。戦後五十年がたち、女たちの体は欧米人のようにメリハリがつき、変わっている。しかし、生活している女の体は、匂いが五十年前とさほど変わっていないことに、芳彦は衝撃を受けた。それは具体的なスタイルを言うのではなく、母親として、生活する女としての威圧感なのかもしれない。

　みさきが何を思って部屋に来て、何を思って脱ぐ気になったのか、芳彦にはわからなかった。ただ、会社にスキャンダルを暴かれては、子供に教育さえ受けさせられなくなる、という思いはあったろう。

　みさきの体と、殺された女の体がどこかで重なった時、芳彦は完全に戦意を喪失していた。それは、自分と殺人犯が重なって卑劣を恥じたからではない。自分はそんなに正義感にあふれてはいない。ただ、みさきの体から「母親」が匂いたち、圧倒された。それなのだ。みさきの振り返った体を見たら、自分は母親を視姦したような思いにとらわれる。そう思ったから、一目散に逃げたのだ。それだけなのだ。「俺は別に弱い者いじめを恥じたってわけじゃないんだ」と、芳彦はつぶやいた。

それが自分への言い訳であることに、気づきたくはなかった。


その夜、謙次と祥子はホテルの一室にいた。イルミネーションが大成功だったからと、突然、益田が打上げをやろうと言い出したのである。

突然のことであり、十二月も押しつまっているだけに何人集まるかはわからなかったが、祥子を含めて八人ほどが集合した。

銀座裏の小さな鍋料理屋で打上げをし、その後で二人はこっそりとホテルでおちあった。割り箸の袋に「いつものところで待つ」とメモを書き、謙次の方から祥子を誘った。

汗ばんだ体の火照りをさましながら、祥子が聞いた。

「どうして誘ってくれたの？　こんなに忙しい年末《とき》に」

「まだ元気がないように見えたから」

「あなた、奥さんが元気ない時も抱いてあげるの?」

「イヤ」

「抱かないの?」

「ああ。この間、相当参ったことがあってね、女房。深夜のドライブをした」

そう答えながら、謙次に小さな痛みが走った。

「私、この頃、ふと自分の立場と比べることがあるの。私はあなたの愛人よね」

「恋人だ」

「愛人よ。私は武田の妻で、あなたの愛人。二つをやってみるとわかるのよ。あなた、私が仕事や人間関係で困った時、どうする?」

「いくらでも相談にのる。できる限りのことをする」

「妻が困ったら?」

「同じようにする」

「私が一緒に旅行したいと言ったら?」

「する」

「妻が言ったら?」

「する」

「私が助けてと言ったら?」

「助ける」

「妻が言ったら?」

「助ける」

「私と妻とに対する答が全部同じだけど、そこに何らかの差はある?」

「ない。両方大事だ」

「私が抱いてと言ったら?」

「抱く」

「妻が抱いてと言ったら?」

謙次はつまった。

「二つやってみてわかったの。セックスがある分、愛人の方が得ってことよ」

「イヤ……そうとばかりは……」

「違う?」

そう言われると、謙次は明確な答が出せなかった。

「君が独身だったら、こんなことは言えないけど、妻というのは特別なんだよ。君のダンナに愛人がいても、きっと妻は特別だって言う」

「たぶんね。でも、そう言われると妻は安心するってことを、夫はわかって言ってるのよ。妻に『私は特別だから我慢するわ』って思わせておきたいの。でも、何ひとつ特別なことなんてないのよ。愛人が困ったり、苦しんだりしていればやっぱり最大限、助けるのよ、男って。旅行にしろ、思いやりにしろ、目に見える部分では何の差もないわ」

謙次は黙った。祥子は続けた。

「愛人はいつ捨てられるかわからないつらさがあるし、老後も不安定だわ。健康でなくなった時に、そりゃあ夫がいれば全然違う。妻の方が確かに安定していて、心配はないわね」

「でも、形だけの妻のつらさ、わかる？　『妻は特別なんだ』っていう言葉で自分を納得させている分、もっとつらいかもしれない」

「そういうことだ」

「でも、何かが違うんだよ。何かが」

「妻か愛人かどちらか一人だけ、命を助けられるような状況にあれば、迷わず妻を助けるかもしれないわね。でも、そんな状況になることはめったにないし、だとしたらセックスがふんだんにある分、愛人の方がずっと得じゃない？」

「女房のことは本当に愛しているから、セックスなんてしなくていいんだよ」

「本当に愛してたらするわよ」

「愛情表現はセックスだけじゃない」

「バカなカウンセラーみたいなことを言うのね」

祥子は笑った。ベッドでのやりとりにしては甘くなかったが、裸の体をからめあって話すのは、どこかじゃれているようでもあり、こんな時間が謙次は嫌いでない。

「バカなカウンセラーは必ず言うのよ。愛情表現はセックスばかりではないことを知りましょう。そして夫婦で共通の趣味を持って、共に高めあうことです。その中できっと、必ずセックス以上のコミュニケーションが生まれてきます」

謙次も笑った。

「ホラ、笑うでしょ。セックスに関心があってギラギラしてる高校生に、スポーツで汗を流してみましょうと言うのと同じよ。セックスは他のことでは代わりにならないわ。高校生だって、夫婦だって、恋人だって」

謙次には反論のしようがなかった。

しかし、謙次の心には、さっきからみさきの顔が浮かんでいた。祥子の言うように、セックスがあるだけ、妻より愛人の方が得なのかもしれない。そう思うと、急にみさきが可哀想になった。確かに、祥子が困っていても、みさきが困っていても自分は同じように力になるだろう。二人に対する思いは間違いなく違う。違うのだが、見ために差が出てこないと言われれば、まったくそのとおりだ。謙次のまぶたの奥に、みさきの働いている姿ばかりが浮かんだ。アイロンかけや、亜矢子の送り迎えや、そうじや家計簿をつけている姿や。みさきはああやって、同じことを繰り返して年老いていくのだ。あいつは結婚して幸せなのだろうか。自分は今、便利なハウスキーパーにしているにすぎないのではないか。

ふっと祥子が言った。

「もう逢うの、やめない?」

謙次は驚かなかった。遅かれ早かれ、こんな話が出ることはわかりきっていた。みさきを可哀想に思った時から、謙次は祥子との関係が変わりそうな気もかすかにしていた。それと同時に、祥子は別れ話を切り出すために、こんな話をしたのかもしれないと思った。

「私ね、愛人の方が得だと思った時、初めて夫に申し訳ないと思ったの」

「どちらかを選ぶしかないと」

「そうしなければ、私の気持が荒れてくる。必ず」

「ああ」

「うちの夫ね、十日に一回するの」

「十日に？　月に三回？」

「そう。とてもしたい人なの。私は苦痛だった。何もよくないんだもの。でも悪いからいつも感じているふりをして、疲れ果ててた。あなたと会って、いいセックスは生きる元気を与えてくれるってわかった。夫に話すわ」

「僕とのことを？」

「ううん、それは言えない。夫婦でいいセックスをしたいということ。私がふりをしていたことも全部」

「男は傷つく」

「でも、そこから始めるの。言わなきゃお互いわからないもの」

ホテルを出ると、都心の夜空は白っぽく煙っていた。高層ビルの上で赤い点滅灯が規則的に呼吸をしている。

「東京の星は赤い」

祥子は見上げて笑った。

「さよなら。もう二度と逢わないわ。いい友達でいるという趣味はないの。そんなの不健康だから」

「だな。元気でね」

「あなたも」

祥子は赤い革手袋の手を敬礼のように立てると、高層ビルの谷間を走って行った。

謙次はその背が闇に溶けるのを見届けると、ゆっくりと歩き出した。未練はなかった。熱病が治った後のような、気だるさだけがあった。

謙次は赤い星を見た。この星が一回またたく間に、日本では四人が死に、一・五人が生まれるという記事を思い出した。

家に帰ると、みさきは泣きはらした目で迎えた。

「また泣いたのか。亜矢子か」

みさきは家計簿を片づけながら、笑った。

「嬉し泣きよ。今日ね、亜矢子の時間延長を幼稚園に頼んだの。そしたら、ルミちゃんがずっと一緒に残ってくれたって」

「そうか。よかった。時間延長って、どっか出かけたのか」

「え……お正月の買物」

言うなり、みさきの顔がゆがんだ。懸命に泣くのをこらえていることが、謙次にはすぐにわかった。

みさきは台所に駈けこんだ。謙次が気になってのぞくと、台所に立って、みさきは声を殺して泣いていた。

「夜食、待ってて」

その夜、謙次はみさきを抱いた。祥子との後であり、疲労は大きかったが義務だと思った。みさきの泣き方が、嬉し泣きでないことくらいわかっている。何があったのかはともかく、愛人と同じ慰め方をしなければ可哀想だと思った。

謙次は祥子を思い出して懸命に持続させた。思い出す祥子はいつでも、肩パッドの入ったスーツの上着だけを着て、下半身をむき出しにしてベッドに転がされていた。

みさきは謙次の腕の中で、芳彦との屈辱的な時間が消えていくのを感じていた。祥子とのことも、何もかもが、もうどうでもいいことのように思えた。

窓の外では、雨が雪に変わっていた。みさきは謙次の肩ごしに雪を見た。


祥子は寝室の窓から雪を見ていた。

「雪よ。積もるかしら」

布団から起きあがり、芳彦も窓辺に来た。雪など見もせずに祥子の腕をつかんだ。布団に押し倒した。おおいかぶさり、浴衣の裾を割った。

「やめてッ」

芳彦は動きを止めて祥子を上から見た。その目は物悲しく、祥子は優しく言った。

「ごめん……。今日、疲れてるの」

「大倉とやりまくりゃ、疲れるよな」

「え……」

「何もかも知ってた。大倉の女房に聞いた」

祥子の体が硬くなった。

「よくぞ毎回、いってるふりをして下さった。感謝してる」

芳彦は体を離し、座った。祥子は浴衣の衿を直し、向かいあった。すべてを話しあうつもりでいたとはいえ、この急場に何をどう話したらいいのか。

「俺、お前とのセックスは義務だった」

「義務……。義務で月に三回も？」

「ああ、義務。俺は別によくはなかったけど、お前を喜ばせたかった。お前はセックスなしじゃ生きられないって思いこんでた。何も感じてなかったんだろう？」

「……どうしてそんなこと、突然……」

「女はそんなもんだって、大倉の女房に聞いた」

「そう」

「ああ」

「ごめんなさい。別れたけど、関係してたことは事実です。ごめんなさい」

「よかったか」

「よかった」

「ふりはしなかったか」

「しなかった」

芳彦は小さく笑った。

「女房とはできなくても、他人の女房とはできる。よくわかるよ、刺激が必要なんだ、セックスには」

「あなたには隠し通して、別れて、あなたとやり直そうと思ってた」

「今日、大倉の女房を呼び出して、素っ裸にしてやった」

「ウソ……」

「やっちまうつもりでいたけど……できなかった」

芳彦はそれっきり口をつぐんだ。

芳彦はかつてみさきが言った「いい人間」という言葉が心にしみついていた。「いい人間」であればあるほど、バカを見る。祥子の裏切りに奈落へ落とされた時、芳彦は決めたのだ。動物の本能のままに生きようと。抑制することが「いい人間」であるなら、何ら抑制せずに動くのは、動物としては正しい。喧嘩であれ、セックスであれ、喜怒哀楽であれ、本能のままに動いてやれと思った。それこそが「いい動物」であろう。

「俺はやっぱり、『いい動物』にはなりきれなかったよ」

怪訝な目を向ける祥子に、芳彦はそれ以上を語らなかった。

「お互い、大きな誤解をしていたな。俺もお前も、いつも無理して抱きあう必要なんか何もなかった」

「ね……。私はあなたを喜ばせたくて、それだけで演技してた。苦痛だった」

「俺も楽しくはなかった。動物と男は欲情しなけりゃできないんだ。必死に欲情させることが苦痛だった」

「早く言えばよかった、私」

「ああ。だけど言えないことなんだ。男も女も」

芳彦の目が笑っていた。祥子の目も笑っていた。

「別れないか」

芳彦が言った。

「そうね」

祥子は両手をついて頭を下げた。

「申し訳ありませんでした」

芳彦は静かに言った。

「俺、お前が他の男と寝たことは、たぶん許せる。許せないけど許そうと頑張る。だけど、別れる理由は別だ」

「言わなくてもいいわ。わかってる」

「お前も同じだろ」

祥子はうなずいた。お互いの義務や演技をあからさまにした瞬間、祥子は「夫婦は終わった」と思っていた。謙次といた時は、セックスに関して夫婦ですべてを話しあえば、必ずいい形に進められる自信があった。

しかし、すべてを口にした瞬間、今後も相手を信じあって生きていくのは難しいだろうと思った。セックスが月に一度になったとしても、祥子は芳彦に「義務」を疑うだろう。そして、芳彦は祥子が本当に達していても「演技」を疑うだろう。その上、お互いに自分が疑われているかもしれないというつらさがある。

セックス以外に愛情表現を求めることはできても、セックスの不信感は生活そのものに影響が出ると祥子は思った。

「私、甘かったわ。セックスのことは何もかも話せばいい、というものじゃないわね」

「俺もそう思ったよ。モヤモヤとさせておくのが一番いい」

「ね。間違ってた」

祥子と芳彦は顔を見合わせ、笑った。夫も愛人も一度に失い、その不幸が祥子を少し楽にしていた。

終章

年が明け、十日がたった。

まぎれもなく冬であるのに、新年はどこかに春を思わせる。

祥子は月島にマンションを借り、今日から新しい暮しをスタートさせることになった。久が原の家からはすでに荷物が運び出され、祥子は最後のそうじをすませると、芳彦とワインを開けた。両家の親には、祥子が仕事だけに生きたいという理由で押し切った。

「今までありがとう。あなたにたくさん優しくしてもらって、裏切った」

「お互いさまだ」

「大倉さんの奥さんが一番りこうだったわね」

「ああ。彼女はきっとダンナに何も言わないよ。俺に裸にされたことも、君とのことを俺にぶちまけたことも」

「そう思う」

「きっと、うまく添いとげるんだ、二人は」

「ん。大倉さんは義務を果たしてるわ、この頃はきっと」

「な。女房は演技をして」

「それも悪くないことね」

外でタクシーのクラクションが鳴った。

「迎えが来たわ。じゃ、行く」

「元気で」

「あなたも」

どちらからともなく、しっかりと抱きあった。芳彦の匂いがした。祥子は初めて号泣した。

祥子を乗せたタクシーは、中原街道を走って行く。

「運転手さん、遠回りしてガス橋の近くを走って下さい」

祥子の声に、運転手はうなずいた。

新春の休日、ガス橋は多摩川の春霞に煙っているように見えた。休日には芳彦とよくこの近くで、ゴルフの練習をした。何もかもが、遠い遠い日のように思えた。初春の陽は、うらうらと多摩川に照っていた。

キッチンにさしこむ初春の陽の中で、みさきはサンドイッチを作っていた。謙次と亜矢子が散歩から戻ったら、レモンティーでブランチをとるつもりだった。

みさきは夜のことを思った。このところ、謙次は休日に手を伸ばしてくることがある。どんな心境の変化があったのか。聞く気もなかった。

ただ、夫婦というものは毒を撒《ま》きあうことを避けるのが一番いいのだと、みさきは思っていた。何でも問いただし、お互いの腹の中をぶちまけあうのは「理解」ではない。「毒」である。

おそらく、謙次は義務感で抱いているのだろうとわかっていた。しかし、みさきはそれでも、セックスがないよりはずっとよかった。それに、義務感なのかどうか確かめていない以上、定かではない。それでいい。何であろうと、肌を触れあっている方がずっといい。

みさきは謙次に自分が演技をしていることも言う気はなかった。セックスレスの時には、あれほど望んだ行為なのに、みさきはあまり感じてはいなかった。ただ、この平和で安らぐ関係を続けるために、過剰に演技をしていた。

しかし、すべてが演技ではなかった。本当に感じる時がある。それは、芳彦の前で一糸まとわぬ姿をさらしている自分を想像する時であった。

あとがき

「セックスレス」という、妙におしゃれな言葉が出てきた頃、その言葉の軽やかさにホッとしたのか、ひんぱんに男たちが言い始めた。

「うちもセックスレスなんだ。そろそろどうにかしないと、女房が切れちゃうと思ってるんだけど。年に二回くらいは義務を果たさなきゃダメかなァ」

「俺のところもセックスレス状態。女房とやるのは拷問だもんな……」

「先月、義務を果たしたから、もう年内は勘弁してもらうよ」

やがて、「セックスレス」という現象は、マスコミでも取りあげられるようになったが、なぜか「妻サイドの拒絶」に焦点を当てることが多い。しかし、私の耳に入ってくるのは、

「夫サイドの回避」が圧倒的である。女たちは声高にセックスの話をしないということはあるにしろ、それにしても夫たちの回避の声が届きすぎる。

私の耳に入った限りの彼らは、夫婦仲は決して悪くない。妻と別れる気などまったくない。ただ、妻とセックスをしたくないという。

彼らの口からは、ため息まじりに必ずと言っていいほど、ひとつの言葉が出る。

「義務」

私は男たちの、この心理に関心を持った。マスコミで言われる「妻サイドの拒絶」ではなく、「夫サイドの回避」と「義務感」を軸に、いつかテレビドラマを書いてみたいと思っていた。

そんな折に、以前から長編書き下ろし小説を勧めて下さっていた幻冬舎の見城徹社長がおっしゃった。

「夫たちが妻とセックスしたくないという、そのセックスレスをテーマにして書いてみる気はありませんか」

驚いた。

私はそのテーマを長編小説にすることを決心した。が、何しろ長編小説など書いたことがない。今までに少女小説やテレビドラマのノベライズはあっても、大人向けのものは初めてである。それは「決心」と言っていいほどの、パワーのいる決断であった。

書くにあたり、まず妻たちと話がしたいと思った。本当に夫が回避しているのか。もしそうならば、妻は義務でほどこしていただく行為をどう考え、どう受け止めているのか。あるいはマスコミで言われるとおり、妻たちの方が拒絶しているのか。

しかし、幻冬舎を通じてお願いした取材の申し込みは、ことごとく断られた。かたく秘匿を約束しても、名を隠したまま電話でもいいと言っても、土壇場で断ってきたケースも少なくはない。

そのたびに、私は妻たちのつらさを見る気がした。セックスを拒絶する側を優位と考えた時、もしも、妻たちが優位にあるなら、取材に応じる人が幾人かはいてもいい気がしてならなかった。むろん、妻サイドの拒絶も多かろうが、マスコミで言われているよりははるかに多く、妻たちが夫の回避に悩んでいるのではないか。

取材はできなかったが、義務としてのセックスに満たされるわけがない。それでも彼女たちは健気《けなげ》に応《こた》えているのだろう。それはまぎれもなく、

「演技」

である。

私の中で、「義務と演技」というタイトルができていた。

書き進めながら、「一夫一婦制」という結婚の形態が、男女の本能に逆らっていることなのではないかという思いに、何度もぶつかった。

筆者が幸せなセックスに力ずくで持っていこうとしても、登場人物の夫は「義務」に悩み、妻は「演技」で応える。結婚前の二人が経験したようなセックスライフを、何とか結婚生活に再現させたいと、幾度も試みた。しかし、登場人物たちは頑として「義務」と「演技」から解き放たれなかった。これが現実なのかもしれない。

「結婚」という形態が男女に及ぼす心理を考えると、「セックスレス」という現象は、お

そらく大昔からあったはずである。ただ、誰も口にしなかっただけであろうと思う。むろん、満ち足りたセックスライフを送っている夫婦も多いはずだし、断言はできないが、「結婚」と「セックス」は共生しにくい。考えれば考えるほど、書けば書くほど、そう思わざるをえなかった。

本能をおさえこむのが「いい人間」ならば、本能のままに生きるのは「いい動物」だと、以前にどなたかがおっしゃっているのを、ふと思い出した。

「結婚」が共闘と、平和と、安らぎを求めるものである以上、その正しい制度の中では男も女も「いい動物」にはなりえまい。

だからといって、多夫多妻制や愛人を作ることがいいというのでは決してない。現状の結婚制度の中で、どうしていくべきなのか。そこから考えるしかない。

登場人物は、その中で懸命に動いた。そう思っている。

脚本とはあまりにも違う小説の形式に、私は悪戦苦闘の日々であった。そんな中で根気よく、二十四時間態勢で話相手になって下さった幻冬舎の舘野晴彦さんがいなければ、とても脱稿しえなかったと思う。
そして、長編小説を書いてみるようにと、三年間にわたって勧めて下さった見城社長に、心からのお礼を申し上げたい。

一九九五年十一月

東京・赤坂にて　内館牧子

この作品は書き下ろしです。
原稿枚数281枚（400字詰め）。

〈著者紹介〉
内館牧子　1948年秋田生まれ。武蔵野美術大学デザイン科卒業後、三菱重工業入社。88年脚本家デビュー。「想い出にかわるまで」「ひらり」「都合のいい女」「寝たふりしてる男たち」「妻の恋」などテレビドラマの脚本多数。93年第1回橋田壽賀子賞受賞。95年「てやんでぇッ!」により文化庁芸術作品賞受賞。エッセイに『朝ごはん食べた?』などがある。

GENTOSHA

義務と演技
1995年12月6日　第1刷発行
1996年11月12日　第16刷発行

著　者　内舘牧子
発行者　見城　徹

発行所　株式会社 幻冬舎
〒160 東京都新宿区四谷1-22-6

電話:03(5379)8011(編集)
03(5379)8086(営業)
振替:00120-8-767643
印刷・製本所:中央精版印刷株式会社

検印廃止

ISBN4-87728-082-0 C0093